PHILIP ROTH
菲利普·罗斯全集

The Ghost Writer

鬼作家

[美] 菲利普·罗斯 著
董乐山 译

上海译文出版社

philip
Roth

献给米兰·昆德拉

第一章

大师

那是二十多年以前——我当时才二十三岁，刚刚写作了我的第一批短篇小说，并且得到了出版，像许多在我之前的 Bildungsroman[1] 中的主人公一样，已经在考虑自己的大部头 Bildungsroman 了——十二月的一个下午，天快要黑的时候，我到了这个伟人的隐居处去见他。那所木板农舍是在伯克希尔山上一千二百英尺高的一条土路的尽头，然而从书房里出来向我隆重表示欢迎的人物却穿着一套斜纹呢的衣服，一条丝织的蓝领带用一只没有装饰的银别针夹在一件白衬衫上，脚上是一双牧师穿的擦得锃亮的黑皮鞋，使我觉得他是刚从擦鞋摊上走下来，而不像是从艺术的祭坛上走下来。我定下神来以后，才注意到他抬着下巴颏儿的那副凌驾于一切之上的贵族气派，或者他坐下身去之前整一整衣服的那种细心的，甚至有点过分讲究的帝王风度——老实说，我当时只想到自己怎么会像碰到奇迹一样，凭我没有文学气息的出身，居然能到这里，来到他面前，因此根本没有工夫注意到什么——但是在这以前，我对E. I. 洛诺夫的印象是他看上去应该像个地方上的督学，而不是像这一带自梅尔维尔和霍桑[2]以来最有独创性的小说家。

这并不是说，纽约流传的关于他的闲话使我预计会遇到更加宏伟的场面。当我最近在出版商初次为我在曼哈顿举行的酒会上——我是搀扶着一位上了年纪的编辑的胳膊去赴会的，我兴奋得像个初上银幕的新星一样——在批评家们面前提到洛诺夫的名字时，在场的才子们几乎马上就把他一语带过了，就好像这是一个笑话一样：他那一代的一个犹太人，而且还是个移民之子，居然娶了新英格兰一家名门望族的闺秀，这些年来还一直住“乡下”——这就是说，

1 Bildungsroman，德文，指描写主人公早年精神文化教养过程的小说。相当于英语的educational novel。

2 Melville (1819—1891)，美国小说家，代表作有《白鲸》；Hawthorne (1804—1864)，美国小说家，代表作有《红字》。

住在鸟鸣兽语、树林密布的 goyish[1] 的荒野里，美国当初就是在那里发源的，也早已在那里告终了。但是，由于我在那次酒会上提起的别的名人，在那些熟知内情的人看来也都是有点可笑的；因此，我对他们在提起这位有名的乡间隐士时所说的嘲讽的话，也就抱有怀疑的态度。甚至可以说，根据我在那次酒会上的所见所闻，我开始明白，躲在一千二百英尺的高山上，只与鸟兽和树林做伴，对于一个作家来说，不管他是不是犹太人，未尝不是一个好主意。

他带我进去的那间起居室整洁、舒服、简单：一块用钩针编织的圆形大地毯，几把套着椅套的安乐椅，一张旧沙发，靠墙长长的一排书架，一架钢琴，一部电唱机，一张橡木的大阅览桌，上面整齐地堆满了报纸和杂志。在白色的护壁镶板上面，淡黄色的墙上几乎是空空如也，只有五六幅水彩画习作，画的是不同季节里的这幢旧农舍。在放了靠垫的窗座和整齐地束起来的本色棉质窗帘的外面，我可以看到发黑的高大枫树上光秃秃的树枝和白雪皑皑的田

1　goyish，意第绪文，goy 的英文化形容词，指非犹太教徒的。

野。纯洁。肃穆。简朴。遁世。你的全部精力、才华、创造性都留下来用在这绞尽脑汁的崇高超然的事业上了。我看了一下四周，心里想，这才是我要过的生活。

洛诺夫把我带到壁炉前面的一对安乐椅前，让我在一把椅子上坐下后，便把炉前的挡板挪开，往里张望了一下，看一看风门是不是打开着。他用火柴点燃了引火物，那引火物显然早已放在那里，准备我们见面时用的。然后他把挡板又放回原地，分毫不差，仿佛是嵌到炉前一条槽里似的。在看清楚了木块已经燃着——确信他已成功地生起火而没有危及这所有二百年历史的房屋或其中的住户，他感到心满意足——以后，他终于准备就绪，可以同我谈话了。他用他那双动作敏捷纤巧得近乎女人的手，把两条裤腿的折痕一提，在他的椅子上就了座。对于像他那样肥胖壮实的人来说，他的动作显得特别轻快利落。

“你喜欢怎么称呼你才好？”艾曼尼埃 · 伊萨多尔 · 洛诺夫问道，“叫内森，内德，还是内特？还是你喜欢有另外完全不同的叫法？”他还告诉我，他的朋友和熟人都叫他曼尼，我也应该这么叫他，“这样谈话就容易些。”

我想未必能那样，但我还是用微笑表示：尽管这必然会使我感到多么轻飘飘，我还是遵命照办。做主人的接着为了进一步让我不感到拘束，要我谈谈我的经历。不用说，在一九五六年的时候，我的经历是没有什么值得一谈的，特别是对这么一个见多识广、思想深刻的人，我认为当然是没有什么值得一谈的。我在纽瓦克一个既不算富有也不算穷苦的居民区里，由溺爱的双亲扶养大的；我有个弟弟，别人都说他很崇拜我；不论在本地一所很好的中学里，还是后来在一所名牌大学里，我的学习成绩都没有辜负历代祖先对我的期望；毕业后我在离家一个小时车程的军队工作，为狄克斯炮台[1]的一位少校写宣传稿，尽管那时征召我的躯体去供屠杀的那场战争在朝鲜正在血淋淋地结束之中。自从退伍以后，我一直住在百老汇南端一所没有电梯的五层楼上从事写作。我的女朋友来与我同居，收拾这屋子时，称它是一个不守清规的和尚的家。

1 美军一训练基地。

为了维持生活，我一星期有三天过河到新泽西州去做工，那工作是我进大学的头一年暑假以来时断时续在做的。当时报上登了一个招聘广告，承诺积极推销可以获得高额佣金，我就前去应聘。每天早上八点钟，我们这一帮人就给送到新泽西州的某一个纺织小镇，挨家挨户去兜揽杂志的订户，下午六点等在一个指定的酒馆外面，由监工的麦克埃洛开车把我们送回纽瓦克市内。他是个长得漂亮的酒鬼，留着两撇细细的小胡子，总是不厌其烦地警告我们——两个把赚来的钱攒起来上大学的、一心求上进的小伙子和另外三个没精打采的老油条，他们的脸色苍白浮肿，什么倒霉的事情都经历过了，如今已颓唐不堪——不要同孤身在家、用夹子卷着头发的家庭主妇胡来：否则你就很可能不是被生气的丈夫揍死，就是遭到漫天要价的敲诈，或者染上五十多种不治的淋病中不知哪一种淋病，尤其是，一天只有这么几个小时。“或者陪人睡觉，”他不动声色地劝告我们，“或者就推销《银幕》。你们自己选吧。”我们两个大学生叫他“财神爷的祖先”。由于没有一个主妇曾有请我进门歇一歇脚的表示——而且不管是什么年龄的女人，只要她在纱窗门后哪怕是稍微愿意听我一句推销的话，我就特别提高警惕，生怕她会有勾引我的打算——我迫于生计，选择了工作上的完美无缺，而不是生活上的心情享受。一天奔波下来，可以赚到十元、二十元佣金，而前途仍空白一片。我后来放弃了放浪的生活——和我已不再爱的五层楼上的女朋友——在那位著名的纽约编辑的帮助下，作为一个通讯员，给请到夸赛休养地去过冬，这还只是几个星期以前的事。夸赛是艺术家们在乡间的一个隐居之地，同洛诺夫的山庄只隔一道州界。

我从夸赛给洛诺夫寄去了刊登我的小说——至今一共四篇——的文学季刊，并附一信，告诉他“几年前”我在大学里读到他的作品时对他的敬仰之情。我还同时提到我读过他的“国人”契诃夫和果戈理的作品，接着用别的明确无误的方式，表露我是一个多么严肃的文人——而且又是多么年轻。但是，我发现我写什么东西都没有像我写那封信那样吃力。不可否认，这些话都是真话，但是我一写下来就觉得显然是假的，越是要显得真诚，效果就越糟。我最后寄出的信已是第十稿了，发出了以后又想伸手到邮箱里把它掏回来。

我在那间陈设简单却很舒服的起居室里讲我的经历也并不成功。因为在洛诺夫的早期美国式的壁炉前面，哪怕是最不刺耳的脏话，我也无法说出口来，麦克埃洛是我的朋友中最叫我喜欢的一个，我模仿他的腔调确实没有什么可取之处。而且我也不能很自然地谈到麦克埃洛告诫我们要提防的全部危险，或者提到如果真的有机会我可能会多么经不起诱惑。听了我对原来已够平淡无奇的小传作了偷工减料的介绍以后，你大概会觉得，我这次前来，不是因为我接到了这位名作家的热情、有礼的信，邀我到他家中度过一个愉快的晚上，而是在最严格的审查者的面前，陈述一件对我个人极其要紧的事，我要是走错了一步，对我有无限价值的东西就会永远失掉了。

情况差不多就是这样，即使我当时并不完全明白，我是多么迫切需要博得他的青睐，和为什么需要博得他的青睐。我羞羞答答地、上气不接下气地说完了我的经历——虽然在那充满自信的年代里这是不合我的性格的——我一点也没有因此感到发窘，倒反而因为发现自己没有拜倒在他脚下的钩针编织的地毯上而感到奇怪。因为你瞧，我就是为了要想充当E. I. 洛诺夫的精神上的儿子而来的，就是为了要祈求得到他道义上的赞助，如果能够做到的话，得到他支持和钟爱的神奇庇佑。当然，我有自己慈爱的父亲，不论什么时候去找他，他总是有求必应，但是我父亲是个治脚病的医生，不是个艺术家，而且最近因为我的一篇新小说我们家有了严重的分歧。他对我写的东西感到迷惑不解，就跑去找他精神上的导师，一个叫奥波德·瓦普特的法官，要这位法官帮他的儿子醒悟过来。结果是，二十年来我们无话不谈，几乎从未间断，如今却快有五个星期没有说话了，我也就到别的地方去找父辈的支持了。

这种支持不仅要来自一个不是脚病医生而是艺术家的父亲，而且要来自美国最有名的那位文学苦行者，那位坚忍不拔和无私无我的巨人，他在第一本书和第六本书（为此得了美国国家图书奖，但他悄悄地婉谢了）之间的二十五年中，几乎没有读者，得不到赏识，即使有人提到他的名字，总是被当做旧世界犹太人聚居区里的一个遗老而不屑一顾，被当做一个不合时代步伐的民间传说作家，对当前文学和社会上的主流不问不闻，令人叹息。很少有人知道他是谁，究竟住在什么地方，在四分之一的世纪中，几乎谁都对此不放在心上。甚至在他的读者之中，也有些人认为，E. I. 洛诺夫关于美国人的幻想作品，是他在沙皇俄国反犹迫害中受伤致死以前（像他父亲几乎因此丧生一样），在那里某个地方用意第绪文写的。使我极其钦佩的，不仅是他始终只写他自己那种小说的坚忍不拔精神，而且是他在“被发现”和流行起来了以后，婉辞一切奖金和学位，不参加任何名誉团体，不接受任何记者访问，不给照相，好像把他的脸同他的小说联系起来是件滑稽可笑的不相干的事一样。

读者大众所见到过的唯一的一张照片，是一九二七年出版的《这是你的葬礼》书皮里页上的那张水墨肖像：一个英俊的年轻艺术家，有着一双含情脉脉的杏眼，像个情夫似的往后梳的高耸的黑发，富有表情的招人亲吻的下唇。现在他已大为改观了，不仅是，因为下腭有赘肉，肚子鼓起，头顶光秃，只有四周一圈短短的白发，而且整个体态都变了，我想（一等到我定下神来又能够思考以后）这一定是由于比时间更无情的东西，才造成了这种蜕变：这一定是洛诺夫本人所造成的。除了那浓密的眉毛和那稍微朝天抬起的果断的下巴以外，真的再也没有什么东西能够显出五十六岁的他，同那张照片中的令人爱怜的热情羞涩的瓦伦蒂诺[1]有什么相似之处了。这位瓦伦蒂诺在年轻的海明威和菲茨杰拉德统治美国文坛时期，创作了一系列犹太人流亡的小说，那种小说是此前所有美籍犹太人都不曾写过的。

说真的，我自己第一次通读洛诺夫的著作——在大学里作为一个正统的无神论者和在培养中的高级知识分子——使我认识到，我在很大程度上仍是我家的犹太后裔。这比我去芝加哥大学之前，家庭给我的任何影响都更重要，不论是儿童时代所上的希伯来文课，还是母亲的厨房，或者我在父母亲和亲戚那里常常听到的关于异教通婚的危险、圣诞老人的问题、医学院名额限制的不合理（我很早

1　Valentino (1895—1926)，美国电影演员，出生于意大利，由其主演的无声影片《酋长》、《血与沙》、《鹰》等均富有浪漫色彩，曾引起众多女影迷的狂热崇拜。

就了解，就是这种名额限制使我父亲成了个脚病医生，使他毕生都热烈支持犹太人反诽谤联盟[1]）的谈论。我在做小学生的时候，就已经能够同任何人辩论这些复杂的问题（而且在必要时的确与人辩论过）；但是等到我去芝加哥的时候，我的热情已经消耗殆尽，我已经像任何一个少年人一样很容易折倒于罗伯特·赫钦斯[2]的人文科学基础课程。但是接着我又同成千上万的其他人一起，发现了E. I. 洛诺夫，我觉得对于仍压在把我教养大的人们身上的那个与外人隔离、不相往来的包袱，他的小说就是答复，这个包袱使我们家家户户无时无刻不铭记着我们犹太人的地位。一九四八年在巴勒斯坦建立了一个国家，把欧洲没有被害的剩余的犹太人收聚起来，这在我父母身上引起了自豪的感觉，说真的，这种自豪的感觉，同我第一次读到洛诺夫笔下失意的、躲藏的、囚禁的灵魂时心中涌起的感觉并没有什么两样，当时我觉得，我自己的刻苦奋斗的父亲曾经

1　一个犹太人民权组织。

2　Robert Hutchins（1899—1977），美国教育家，1929 年任芝加哥大学校长时，年方三十岁。

努力要把我们都搭救出来的这种令人屈辱的环境，居然能够毫无愧色地孕育出这样挖苦和深刻的文学作品来。在我看来，这好像是果戈理身上容易产生幻觉的气质，透过契诃夫对人性的怀疑，培养出了美国的第一个“俄罗斯式”作家。这就是我在大学论文里提出来的论点，我“分析”了洛诺夫的文体，只是没有进一步说明，他的小说在我心底里复燃起我对基本上已美国化的本家家族的血缘感情，他们原先是没有钱的、移民出身的小店主，就在离纽瓦克市内巍峨的大银行和大保险公司一箭之遥的地方，继续过着他们的隔离的生活；尤其是，他的小说复燃起我对我们虔诚的、无名的祖先的血缘感情，他们在加里西亚所遭到的磨难，对于在新泽西安安逸逸地长大的我来说，比起亚伯拉罕在迦南所遭到的磨难，其陌生程度只是稍逊一些而已。他对传说和风景运用自如，就像一个杂耍演员一般（我在四年级的论文中曾经把洛诺夫比作卓别林，他抓住一个适当的道具，就能把整个社会和它的世界观栩栩如生地表现出来）；他的“经过翻译的”英文，使得最平常的一句话也有了一种略带讽刺的味道；他的隐晦的、无声的、梦境般的含意，还有这种小故事所给你的回味无穷的感觉——你们说吧（我这样声称），美国文坛上有谁可以与他相抗衡?

洛诺夫小说中的典型主人公，是在五十年代中期终于使书呆子气的美国人感到非常有实际意义的主人公，他在希特勒完蛋十年以后，对非犹太人似乎又讲了一些关于犹太人的使人心痛的新情况，对犹太人又讲了他们自己，对那休养生息的十年中的读者和作家，则泛泛地讲些模棱两可的要谨慎小心的话和混乱得令人担心的话，讲些用最赤裸裸形式所表现的求生的渴望，为求生而作的交易和活下去的恐怖，等等。洛诺夫的主人公常常是一个没有来历的小人物，离开了家而没有家人惦记，但是又必须毫不迟延地赶回去。把他的怜悯与无情相交织的著名笔法（《时代》杂志把他冷落了一二十年之后，又称颂这种笔法是“洛诺夫式的”）表现得最突出的，莫过于他的那些短篇小说了，其中那个迷茫的畸形人做好了纵情的准备，结果却发现由于顾虑过多，等得有点太久，反而对谁都无益，或者是发现，在一时兴起，大胆莽撞（这与他的性格不合）之下，完全错误估计了把他从他尚能对付的生活中勾引出来的东西，结果是把什么都弄得更糟糕了。

在最惨淡、最滑稽、最使人不安的一些小说里，那个无情的作家使我觉得他几近是在自我作践，这些小说是在他短暂地蜚声文坛的那个时期写的（因为小说里那个作家在一九六一年死于一种骨髓病；当奥斯瓦德枪杀肯尼迪，而那个道貌岸然的堡垒屈服于高康大式香蕉共和国[1]的时候，他的小说，以及他的小说给予生活中一切犯禁的东西的权威性在一代新读者面前开始很快地失去了“社会意义”）。洛诺夫的声誉不但没有使他感到高兴，反而似乎更加强了他的阴郁心理，为他证实了他对终极约束的看法，要是他此生至死得不到应有的酬报，凭他个人经验似乎还不足以支持这种看法。只有当那人人垂涎的酬报，只要他愿意，有一点终于是属于他的时候——一切都很清楚，除了他的艺术以外，他不论要得到和保有什么东西，都是多么不适合他的气质，只有当这时候——他才受到启发，写了另一套精彩的滑稽寓言（《复仇》、《虱子》、《印第安纳》、

1 源出文艺复兴时期法国作家拉伯雷的政治讽刺小说《巨人传》中的主角高康大，香蕉共和国指拉丁美洲单一作物的小国。

《埃普斯·埃森》和《广告商》等小说)，其中那个受到引诱的主人公根本没有采取行动——哪怕是极小的膨胀和放纵的行动，更谈不上阴谋或冒险了，都被理性、责任、自尊这三巨头统治断然歼灭了，并且还得到他们忠心耿耿的奴仆的及时协助：那就是时间表、暴风雨、头痛、忙碌信号、交通堵塞，其中最忠心的是最后一分钟的怀疑。

我除了兜售《电影》和《银幕》以外还兜售过别的杂志吗？我在每家门口嚼舌的都是同样的辞令，还是视对象而异？我做推销员成功的原因何在？我认为人们订阅这种无聊的杂志的目的是什么？这工作腻味不腻味？我在人地陌生的地方来来去去遇到过什么不平常的事没有？像麦克埃洛先生手下那样的人在新泽西州一共有多少？我推销一份订户就可得三元钱，公司怎么付得起？我到过哈肯沙克没有？那地方怎么样？

很难相信，我只是为了要暂时维持生活以便最后也能像他那样生活才做的事情，竟然会使E. I. 洛诺夫感到有兴趣。显然，他是个懂礼貌的人，他这是要尽量使我不要感到拘束，但是就是在我毫无保留地回答他的盘问的时候，我也在想，不会很久，他就会找出一个办法，在晚饭以前把我打发掉。“我真希望我也能知道那么多关于推销杂志的事，”他说。

为了表示我是不在乎他对我倚老卖老的，要是马上就叫我告辞，我也是可以理解的，因此我红了脸。

“我真希望，”他说，“有什么事情我也能知道那么多。我写了三十年的幻想故事。我却什么也没有遇到。”

就在这当儿，那个引人注目的小姑娘似的女人在我面前出现了——就在他用稍带自憎自嫌的口气，说出那句令人难以相信的哀叹，而我在努力想弄清它的意思的时候。他什么也没有遇到？这话怎么说？他不是得到了天赋，他不是得到了艺术吗？这个人真是个梦幻家！

洛诺夫的妻子，那个让我进了屋子以后就马上退去的白发女人，推开了与起居室门廊相连的书房门，她就出现在那里，乌黑浓密的头发，淡色的眼睛——不是淡灰，就是淡绿——高高隆起的椭圆形额角看上去像是莎士比亚的额角一样。她坐在地毯上一堆稿纸和文件夹中间，身上穿的是一条“新式样”——在曼哈顿现在已是一种非常陈旧过时的样了——粗呢裙子和一件宽松肥大的白色套头毛衣；她的双腿娴雅地缩在宽裙子下面，她的眼光显然是在出神地望着什么别的地方。我在什么地方见到过这个严肃的黑发美人？是不是在维拉斯克斯[1]画的一幅肖像里？我想起了洛诺夫的那张一九二七年照片——也有它的“西班牙味道”——因此我马上推测，她是他的女儿。我马上推测的还不止这些。洛诺夫太太还没有把茶盘放在她身旁的地毯上，我就看到自己同这个 infanta[2] 结了婚，住在我们自己的一所就在不远的小农舍里。只是她在爹爹的地板上做功课的时候，要她妈妈喂她饼干吃，那么她才多大？凭她那张脸，脸上坚强的骨骼使我觉得那是一个不像大自然那么纯朴的雕塑师雕塑成型的，凭她那张脸，她一定不止十二岁了。不过十二岁也不怕，我可以等待。这个想法甚至比来春在这间起居室里结婚这一前景，还使我感到有吸引力。坚强个性的展现，我这么想。但是那位出名

1 Velázquez (1599—1660)，西班牙名画家。

2 西班牙文：公主。

的父亲会怎么想呢？当然不需要提醒他《旧约》里有确凿的先例，可以等待七年再让洛诺夫小姐当我的新娘；另一方面，如果他看到我开着汽车在她的中学外面徘徊，会怎么想？

就在我这么胡思乱想的时候，他对我说："我把句子颠过来倒过去。这就是我的生活。我写了一个句子，把它颠过来，看了一下，又把它倒过去。接着吃午饭。吃过午饭又回来写另一个句子。接着喝茶，把新句子颠过来。接着把这两个句子再看一遍，又把它们都倒过去。接着我躺在沙发上思索。然后我又起来，把这两个句子都扔掉，另起炉灶，从头开始。这已成了例行公事，要是我不这么做，不到一天，我就感到闷得慌，有一种白白浪费的感觉。星期天我早饭吃得迟，同霍普[1]一起看报。然后我们到山上去散步，我总是因为失去了那么多的大好光阴而感到可惜。我在星期天早上醒来时，一想到要白白浪费掉那么多的时间，几乎要发疯。我坐立不安，脾气不好，但是你瞧，她也是一个人呀，因此我就只好去散

1　洛诺夫太太的名字，原文为 Hope，意为"希望"。

步。为了免得麻烦，她总让我把表留在家里。结果是，我看的是我的手腕。我们一边走，她一边说话，我就看我的手腕——一般来说，这就够了，如果我的恶劣情绪还未消退的话。她最终认输，我们就回了家，一回到家，还有什么东西可以区别星期天和星期四呢？我回到我的小奥立维蒂[1]前面坐下，开始看我的句子，把它们颠过来倒过去。我问我自己，为什么没有别的办法，只有这个办法才能打发我的时间呢？”

这时霍普·洛诺夫已经关上了书房门，回去干她的家务了。洛诺夫和我两个都听着她的搅拌器在厨房里旋转。我不知道说什么好。他所介绍的生活，在我听来像是天堂；他除了把句子颠过来倒过去以外，想不出还有更好的办法打发他的时间，在我看来这不仅是对他个人，而且也是对世界文坛的一件幸事。我心里想，听了他一本正经地叙述了他的日子是怎么过的，我也许应该表示好笑，尽管他并没打算把它当做一个辛辣的洛诺夫式的喜剧。但是，如果他

1　意大利产打字机。

果真是如此，而且像他说的那样心情沮丧的话，我是不是应该提醒他一下，他是怎么样的一个人物，他对有文化的人类有多么重要的影响？但是他自己怎么会不知道呢？

搅拌器在不停地搅拌着，炉火毕剥，狂风怒号，树木哀鸣，而我这个二十三岁的小伙子却在揣摩着如何打消他的沮丧情绪。他在谈到自己的时候胸怀坦率，同他整齐的衣着穿戴和他的学究风度这么地不相称，也使我感到不敢造次；这完全不是我从年龄比我大一倍以上的人那里听惯了的东西，即使他谈到关于自己的话里有点自嘲的味道。尤其是他的话里有点自嘲的味道。

“如果我知道在下午茶后的时间里怎么排遣，我在喝了茶以后就不再想写作了。”他向我解释，到了三点钟后，他就不再有精力，不再有决心，甚至不再有欲望继续写作了。但是有什么别的事情可干呢？如果他拉小提琴或者弹钢琴，那么他在不写东西的时候，除了读书以外，总算还有一件正经的事情在做。如果仅仅是听音乐，那就麻烦了，因为如果他下午独自放一张唱片听，就会发现自己的脑袋里又在把句子颠过来倒过去，最后还是回到写字台上去，抱着怀疑的心态翻看一天的工作。当然，他感到极大幸运的是，还有阿西纳学院。他爱怜地谈到他教的两班学生。设在斯托克布里奇的那所小规模的大学，早在学术界忽然对他发生兴趣之前二十年，就为他安排了教职，对此他是一辈子都感激的。但是说实话，对这些聪明活泼的年轻姑娘教了这么多年的书以后，他忽然发现，不论他自己或者他的学生，都开始有点翻来覆去的重复感了。

“为什么不休一年假呢？”有了头十五分钟的经历，我听到自己在告诉E. I. 洛诺夫应该如何生活，一点也不感到意外。

“我休过一次。这样更糟。我们在伦敦租了一套公寓，住了一年。这样我反而每天都可以写作了。再加上霍普不高兴，因为我不肯停笔陪她到处去看建筑物。不——不再休假了。按现在这样，至少每星期有两个下午，我必须停笔，没有讨价还价。何况，到学校里去是我一星期中生活的高潮。我提了一只公文皮包，戴上一顶帽子，在楼梯上遇人就打个招呼，用公共厕所。你去问霍普好了，我回家时简直有些晕头转向。”

“你们没有——自己的孩子吗？”

厨房里的电话铃开始响了。他不去理它，告诉我说他们三个孩子中最小的一个几年前已从威尔斯利女子学院毕业了；他和他妻子单独在一起生活已有六年多了。

原来那个姑娘不是他的女儿。那么她是谁呢，能够在他书房的地板上由他妻子端点心给她吃？他的小老婆？胡说八道，这个称呼，这个想法本身，就是胡说八道，但是它出现在我脑际，盖过了一切其他合理的高尚的想法。做个伟大的艺术家，你能得到的酬报之一，就是有维拉斯克斯画中的公主做你的小老婆，有像我这样的年轻人崇拜得五体投地。我又感到惶恐，因为在我的文学良心面前竟有这样不光彩的歪念——但是在洛诺夫的许多短篇小说中，使得那些苦行修身的大师们心神不定的，不正是这种不光彩的歪念吗？说真的，谁能比 E. I. 洛诺夫更清楚，我们之所以成为自由行走的生物，不是仅仅因为我们有高尚的目标，而且也因为我们有卑贱的需要和欲望。尽管如此，我觉得还是应该把我自己的卑贱的需要和欲望保守秘密，不让人知道。

厨房门开了几寸缝儿，他的妻子轻声说：“找你。”

“是谁打来的？别又是那个天才。”

“如果是他，我会说你在家吗？”

“你得学会拒绝人家。像那样的人一天打五十个电话。灵感一动，他们就去打电话。”

“不是他。”

“他对什么事情都要分个对错。脑子里各种各样的想法，每个想法都愚蠢至极。他说话为什么要投我所好？为什么他非得什么都知道？别再让我同知识分子打交道了。我的思想不够快。”

“我已经说过了，我很抱歉。而且这电话不是他。”

“那么是谁？”

“维利斯。”

“霍普，我在这里同内森谈话。”

“对不起，我去告诉他你在工作。”

“别拿工作当借口。我不喜欢吃这一套。”

“我可以告诉他你有客人。”

“请别麻烦。”我说，意思是我是个无足轻重的人，连客人也算不上。

“老是那么好奇，”洛诺夫对他的妻子说。“老是那么激动。老是眼泪快要掉出来了。他为什么老是那么感情激动呀？”

“为了你，”她说。

“老是那么神经过敏。为什么有人要那么神经过敏？”

“他钦佩你，”她说。

洛诺夫站起来去接不愿接的电话，一边系上衣服的扣子。“这种人不是生来的老实人，”他向我解释道，“就是深刻的思想家。”

我耸一耸肩膀表示同情，心里当然想，我的信大概也可归于这两类。接着我又想书房门后那个姑娘是谁。她住在学校里，还是从西班牙来这里探望洛诺夫夫妇？她到底从书房里出来不出来？如果不出来，我怎么进去？如果不出来，我怎么才能单独再见到她？

我一定要再见你。

我打开一本杂志，最好是打消我见不得人的白日梦，像个有思想的文学家那样等在那里。我在翻阅那本杂志时，看到一篇关于阿尔及利亚政局的文章，还有一篇关于电视业的文章，两篇都从头到尾有地方划了线。把划线部分串起来读，是各篇文章的一个完整的摘要，给一个学龄儿童向班上做时事报告做准备，没有比这更好了。

当洛诺夫从厨房里——不到一分钟——出来时，他立刻向我解释我手中的那本《哈泼斯》杂志。“我的思想走神，”他告诉我说，好像我是个医生，路过这里进来问一问他的一些令人不放心的奇怪新症候。“我读完一页，想总结一下读过的内容，脑子里却是一片空白——这等于是干坐在椅子上什么也没有做。当然，我读书一直是手里拿着笔的，但是如今我发现，如果不拿着笔，即使读杂志，我的注意力也不是放在我面前的东西上的。”

这时她又出现了。从远处看像是个美人，纯洁、严肃、简朴，到了近处看却更像是个谜。当她走过门厅到起居室里来的时候——正好在洛诺夫一丝不苟地解释完了他在读杂志时要犯的那种令人不安的毛病的时候——我看到那个人引人注目的头部是按着比躯干要大得多、宏伟得多的比例孕育成的。当然，套头毛衣的肥大和粗呢裙子的宽松，都大大地遮掩了她娇小的身躯，但主要是那张脸庞的富于表情，再加上她淡淡的大眼睛里温柔聪颖的目光，使得所有其他形体上的特点（浓密卷曲的头发除外）都黯然失色，无足轻重。说老实话，这一对眼睛的深邃沉静，本来就足以使我感到自惭形秽。不过，我在她的凝视之下，不敢正眼看她，也同她的身躯与脑袋的这种不成比例有关，我想这大概是由于早年遭遇不幸，是由于体内某一腺素的丧失或者受到压抑，而在别的部分过于发展作为补偿。我想到一只困在蛋壳里的雏鸡，只啄开一个小孔钻出脑袋，身子仍在壳中。我想到复活节岛上的那些巨石琢成的畸形头像。我想到在瑞士高山疗养院的阳台上呼吸着山上像灵丹妙方一样的空气的肺病病人。但是我且慢夸大我的印象的感人性和独创性，特别是因为这些印象很快就淹没在我没有独创的和压制不住的妄想之中：我主要想的是，要是我能吻一下那张脸，那有多么快活，要是她能回吻我一下，那有多么高兴。

“完了，”她对洛诺夫说，“暂时完了。”

他关怀备至的神色，使我心里在想，她会不会是他的孙女。他一下子成了最平易近人的人，无忧无虑，一无牵挂。也许，我想——仍在努力解释我在她身上注意到的但是又说不清是什么的奇怪地方——她是他自己一个死去的女儿的孩子。

"这位是祖克曼先生，短篇小说家，"他说，善意地开玩笑说，现在像是我自己的祖父了。"我曾经把他的作品集给你读过。"

我站起来同她握手。

"这位是贝莱特小姐。她原来是这里的学生。她在我们家住几天，自告奋勇帮我整理原稿。现在有不少人要说服我，要我把颠来倒去的句子纸片交给哈佛大学保管。艾米是在哈佛大学图书馆工作的。阿西纳学院图书馆刚刚向她提供一个非常优厚的机会，但是她对我们说，她同剑桥[1]的生活分不开。反过来，她却巧妙地利用这次到这里来的机会，要想说服我——"

"不，不，不，"她强调地说，"要是你那样看问题，我的努力就注定要失败了。"好像她的魅力还不够似的，贝莱特小姐稍带一点儿外国口音，使她的话语更加悦耳动听了。"大师，"她向我转过

1 哈佛大学所在地。

身来解释道，“他属于那种抗拒外界影响的反建议气质。”

“而且也反那个，”他叹口气说，对那个心理学上的术语表示了温和的抗议。

“我刚刚找到了一篇短篇小说的二十七次草稿，”她对我说。

“哪一篇小说呢？”我热心地问。

“《生活是令人难堪的》。”

“这么多次，”洛诺夫说，“还是写得不对。”

“他们应该为你的耐心竖立纪念碑，”她对他说。

他朝着自己扣在上衣下面的肥胖的弧形打个含糊的手势。“他们已经这么做了。”

“在班上，”她说，“他曾经对学写作的学生说，‘没有耐心就没有生活’，我们没有一个人明白他说的是什么意思。”

“你已经明白了。你不得不明白。我亲爱的年轻小姐，我是从在旁观察你而知道的。”

“但是我什么都没有耐心等待，”她说。

“但是你在等待。”

“一边憋得快要爆炸了。”

“如果不是快要爆炸了，”她的老师告诉她，“你就不需要耐心。”

她在门厅的壁柜旁脱掉了她穿着进起居室的便鞋，套上白色的羊毛袜和红色的雪靴。接着她从衣钩上取下一件带帽子的格子大衣，袖了里塞着 顶白色的羊毛帽子，长长的流苏拖着一只毛茸茸的白球。在几秒钟以前还看到她和这位名作家这么随便地开玩笑——她同他交谈时的那种从容自信使我在旁不觉得有一点儿见外——那顶孩子气的帽子使我感到很惊讶。那副衣着穿戴，到了她身上以后，看上去像是个小女孩的。她的行为举止这么成熟而衣着打扮又这么年轻，使我感到神秘莫测。

我同洛诺夫一起站在门口向她挥手告别。在这所房子里现在有两个人使我感到敬畏。

外面依然风大雪小，在洛诺夫的果园里，天几乎已经全黑了，狂风呼啸的声音令人可怖。在黑魆魆的土路和农舍之间，二十几棵多年生的野苹果树是第一道屏障。其次是密密的一丛刚发了绿芽的杜鹃，接着是一道宽宽的石墙，中间矮了一截，像颗磨损的白齿，再过来是五十英尺左右的覆着积雪的草地，最后挨近房子，庇护着屋檐的，是三棵枫树，从它们的高度来看，大概像新英格兰的历史一样悠久。屋子背后是没有遮拦的田野，自从十二月间第一次下雪以后就积起了雪。从那儿开始，树林密布的山头就开始拔地而起，像波浪起伏，不断地伸展到邻州去。我觉得即使最凶狠的匈奴人打来了，也得花大部分冬天，才能越过这一片山野上的冰川和森林，到达洛诺夫家草地的边缘，冲过他屋子后面的防风门，闯进他的书房，在小奥立维蒂上空挥舞矛头，向在打第二十七稿的作家大声怒喝，“你必须改变生活！”在这样的一个夜晚，喝鸡尾酒的时刻已经来临，从极北地区又要刮来一场大风雪，即使是这个匈奴人，在走进马萨诸塞州的黑漆漆的山头时，也可能丧了胆，掉转身子，要回到他野蛮的家窝里去。至少在这个时刻，洛诺夫对于外面的世界，似乎真的没有什么要担心的。

我们在门阶上站着，一直到洛诺夫看着她已擦清了汽车的前窗和后窗；原来雪花已经开始冻结在冰凉的玻璃上了。“慢慢开，”他叫道。要钻进绿色的小雷诺车，她得提起一把长裙子来。我在雪靴上面看到了一寸露出的肉，马上把视线转向别处，免得他们发觉。

“对，得小心些，”我用短篇小说家祖克曼先生的身份向她叫道。“路很滑，看不清。”

“她的散文文体很杰出，”回到屋子里以后洛诺夫对我说，“是我读到过的最好的学生作品。十分清澈，十分幽默，极有见识。她写大学生活的小说，一句就抓住了气氛。她看到的东西，她都能抓住。钢琴弹得很好。她能够把肖邦的曲子弹得很动人。她当初到阿西纳学院来的时候，曾经用我们女儿的钢琴练琴。我一天工作完毕以后就盼着那个。”

“这姑娘看上去很不错，”我沉思地说。“她原来是从哪里来的？”

“她是从英国到我们这里来的。”

“但是口音……？”

“那是，”他承认，“从迷人的国度来的。”

“我同意，”我大胆地说，心里想到此为止，已羞怯够了。像孩子那样犹豫不决，敬畏得结结巴巴地说不出话来，这都已经够了。这一位毕竟是《生活是令人难堪的》的作者——要是他看不透，谁能看透?

我们两人站在炉火前面取暖，我转身向洛诺夫说："要是我在学校里教这样漂亮、聪明、迷人的姑娘，我想我是要心猿意马的。"

对此，他干脆地回答："那么你就别教。"

我们坐下来吃晚饭时，一件——是的，又有一件——令人意想不到的事在等着我。洛诺夫把桌上等着我们的一瓶意大利酒打开，提议要敬我一杯酒。他叫他的妻子同他一起举起酒杯，他说："向一位出色的新作家敬一杯！"

这可使我的话多了起来。我兴奋地开始谈到了我在夸赛的一个月，我多么爱那地方的宁静与美丽，我多么喜欢每天傍晚在小径中散步，晚上在房间里读书——最近是重读洛诺夫的书，但这一点我没有说。从他敬酒来看，显然我是多虑了，我并没有因为表示受到聪明漂亮的大学女学生的诱惑而丧失洛诺夫的多少欢心，我不想显得过于讨好巴结而再次冒犯他。我记得对那个善于讨好巴结的、神经过敏的维利斯，洛诺夫在电话中只给了他不到六十秒钟的时间。

我告诉洛诺夫夫妇，每天早上醒来，知道这一天有这么多的空闲时间等我用工作去填补，是多么地高兴。不论是做学生的时候，还是当兵的时候，或者是做挨门挨户的推销员的时候，我都没有一定的整段时间可以从事写作，我也没有在这样与世隔绝的安静环境中生活过，我极少的最基本生活需要也没有像在夸赛得到生活管理人员的细心关怀那样被满足过。我觉得好像是得到了一件极为美好和神秘的礼物。就在几天以前的一个晚上，在一整天的风雪以后，我跟着夸赛的那个管理工人，饭后开着雪犁去清扫夸赛树林中的曲曲折折的小径。我向洛诺夫夫妇描述了坐在雪犁上，借着雪犁的头灯，看着前面的雪被铲了起来落在两边的树林里，心中是多么高兴。刺骨的寒冷和车胎铁链的叮当，似乎是我在我的奥立维蒂前过了一天以后唯一想要感受到和听到的东西。我想，我这么告诉他们免不得有些天真，但是我不能停下来，继续把我在工作一天以后坐在雪犁上的感受告诉他们：这倒不是因为我想要洛诺夫相信我的纯洁无瑕的精神——我的问题是，我想要自己相信。我的问题是，我要完全无愧于他那令人兴奋的敬酒。“我可以永远那样生活下去，”我宣布说。

“别那样，”他说。“要是你的生活只是读书、写作、看雪，你最后就会像我一样。三十年的幻想。”

洛诺夫说“幻想”的声音就像早饭的稀粥一样。

这时他的妻子第一次开腔了——尽管从她说话那畏畏缩缩的口吻来看，用“闭腔”更为确切。她是个瘦小的女人，灰色的眼睛很温柔，一头柔软的白发，苍白的皮肤上横七竖八地布满了细密的皱纹。虽然像好奇的文学界人士所传言的那样，她很可能是洛诺夫的“出身高贵的北国名媛”——是这一类人在闺阁时期的最好典范——但是她现在的样子却像久经边疆生活的沧桑，像个很早以前就从这里山间骑马出去，到西部去开创新生活的新英格兰农人的妻子。在我的心目中，她的皱纹密布的脸和羞怯畏缩的样子说明了她所经历的各种磨难：生儿育女的痛苦，印第安人的追逐，饥饿、疾病、马车跋涉的折磨——我就是无法想象，在 E. I. 诺洛夫写他三十年短篇小说的时候，她生活在他的身边竟会变得这么憔悴。我后来才知道，霍普除了在波士顿的一所艺术学校里上过两学期，在纽约住过几个月——还在伦敦想拉洛诺夫去参观威斯敏斯特教堂的那一年——以外，从来没有比她的祖先，当地的著名律师和牧师走得更远过，这些人的遗产如今除了他们拥有伯克希尔山间“名门望族的”姓氏和连同姓氏的那所房子以外，就没有更加具体的东西了。

她与洛诺夫相识是在他十七岁上到莱诺克斯为一个鸡农做工的时候。他在五岁以前虽然生活在俄罗斯，但算是在波士顿城外长大的。他的做珠宝商的父亲在日托米尔反犹屠杀中受了伤，差一点死去，因此他父母就移居到原始的巴勒斯坦去。到了那里，伤寒要了他们两人的命，他们的儿子就在一个犹太农垦区由他们家的朋友扶养。七岁的时候，他在雅法被孤身送上了船，到布鲁克林找他父亲的阔亲戚；十七岁上，他选择了流浪生活，放弃了他亲戚出钱给他上大学的机会；到了二十岁上，他选择了霍普——地中海东岸的一个来历不明的瓦伦蒂诺竟娶了地方上的一个大家闺秀为妻，她的出身和气质，使她过惯了上等的生活，却被古老的花岗石墓碑、教堂会所的牌子和一条叫惠特尔西的长长的山路困在一个固定的地方：她毕竟是个有来历的人，不管这对他有什么好处。

尽管霍普·洛诺夫胆大时候的一言一语或者一举一动都给人以一个年老色衰的艺妓的态度恭顺的印象，我仍怀疑，她是不是想要提醒他，他的生活不仅是读书、写作、看雪而已：他的生活中还有她和子女。但是在她说话的时候，她平和的声音里一点也没有责备的意思："你对自己的成就不该估计得这么低。这样不合适。"她甚至更加婉转地说，"而且事实也不是这样。"

洛诺夫抬起了下巴。"我不是在衡量我的成就。我对我的工作，估计不高也不低。我相信我知道自己的价值和独创性到底在什么地方。我知道我可以做什么事情，做到什么程度，而不至于把我们大家都珍爱的东西拿来开玩笑。我只不过是建议——说推测更确切——像内森那样一个作家，打破常规的个人生活也许比在树林里散步、惊走麋鹿更有好处。他的作品里有动荡的成分——这应该加以培养，但不是在树林里。我想说明的只不过是，他不应该扼杀那显然是他的才华的气质。”

“对不起，”他的妻子答道。“我没有搞清楚。我以为你在表示对自己工作的不满。”她是用她这一带的口音说“工作（work）”这个词的，其中没有“r”这个音。

“我是在表示不满，”洛诺夫说。所用的学究腔调就是他同艾米讨论她的耐心时用的腔调，也是向我解释他读书时心不在焉问题时用的腔调，“但不是对工作的不满。我是表示对我想象力广度的不满。”

霍普怯生生地微笑了一下，目的是为了要当场为自己的大胆赔不是，她说：“你的想象力，还是你的经历？”

“我早就对我自己和我的经历不抱幻想了。”

她假装只是在面包板周围打扫面包屑，就此而已——同时却用一种没有预见到的，但是有些无法解释的坚持的口气，轻声地承认：“我从来没有明白过你这话是什么意思。”

“这话的意思是，我知道我是谁。我知道我是什么样的人，什么样的作家。我有我自己的那种勇气，行了，我们就谈到这里为止吧。”

她决定到此为止。我记起了我的晚饭，又开始吃起来。

“你有女朋友吗？”洛诺夫问我。

我说明了情况——在我愿意的限度之内。

贝齐发现了我和她在芭蕾舞学校认识的一个姑娘的事。我们俩在厨房里喝一杯加洛酒时亲了吻，那姑娘开玩笑地给我看她沾了酒后的舌尖，我马上胆大起来，把她从椅子上拉起来，按倒在水池子旁边。这是一天晚上贝齐到市中心去跳舞的时候发生的，她的朋友到我住处来取一张唱片，也看看我们在几个月以前贝齐随团外出演出时开始的调情有没有继续的可能。我跪在地上，想剥她的衣服；她也跪着半推半就地骂我不该这样对待贝齐。我克制住了自己，没有对她说她自己也许也对不起朋友。在性欲冲动的时候对骂，不是我服惯的那种催情剂，我担心要是这样尝试，万一骂得兴起，可能破坏好事。因此我就独自承担了两个人的对不起朋友的责任，把她的下身压在厨房漆布地板上，而她一边用湿润的微笑的嘴唇，继续向我提出我性格上的缺点。我当时的情欲发展正处在这样一个阶段，没有比在地板上交媾更能刺激我了。

贝齐是个罗曼蒂克的、容易激动的、受不得刺激的姑娘，汽车回火，也会叫她瑟瑟发抖——因此当这位朋友几天以后在电话里向她暗示对我不能信任时，这几乎毁了她。不管怎样，她正好碰到倒霉的时候。她的另一个竞争者分配到了《天鹅湖》里扮饰小天鹅的角色。因此，在巴兰钦[1]把她当做十七岁的未来红星聘用四年后，她仍没有从跑龙套的队伍中脱颖而出，现在看起来也永远不会有那样出头的日子了。可是她为了要出人头地做了多大的努力！她的艺术就是一切，我觉得这种观点很好玩，不下于她涂得像吉卜赛女郎似的大眼睛和没有涂脂抹粉的母猴子一般的小脸庞，还有她能够摆出的优雅、动人的姿态，甚至是在做一件从美学上来说一点也不雅的事情的时候，比如半夜里半睡半醒地独自到我的洗澡间里去撒

1 Balanchine (1904—1983)，美籍俄裔芭蕾舞导演。

尿。我们在纽约第一次经人介绍相识时，我对芭蕾舞一无所知，从来没有在舞台上看到过一个活生生的舞蹈演员，更不用说在台下了。一个军队里的朋友是在里弗代尔同贝齐隔邻长大的，他弄到了柴可夫斯基舞曲集锦演出的票子，又约了一个参加演出的姑娘那天下午与我们一起在市中心拐角处喝咖啡。贝齐刚刚排练出来，十分动人地一个劲儿地说着自己，给我们讲她这一需要做出自我牺牲的职业的种种磨难——据她自己的形容，这种生活可以说介乎拳击家和尼姑之间。至于要担心的事，那就甭提了！她八岁就开始练舞，从此以后就一直为身高、体重、听力、竞争、扭伤、机会而担心——现在她就为今晚的演出而处于绝对的恐惧之中。我自己是一点也看不出她有什么理由为什么事情担心（尤其是那一对耳朵），因为这时我已被她的事业心和时髦的风度而弄得心迷神醉了。在戏院里，不幸的是我已记不起——音乐一开始，几十个舞蹈演员拥上舞台——她原先对我们说的，究竟她在身穿紫色衣服、头戴粉红色花的姑娘中间，还是在身穿粉红色衣服、头戴紫色花的姑娘中间，于是我为了想找到她就花了那天晚上的大部分时间。每次我以为我在看着贝齐的大腿和胳膊时，我就兴奋得要喝起彩来——但是这时又有十个姑娘在舞台跳过去，我又想，不对，在这里，这才是她。

“你跳得棒极了，”后来我告诉她。“是吗？你喜欢我的短短的独舞吗？实际上这谈不上独舞——一共只有十五秒钟。但是我觉得跳得很不错。”“哦，我觉得棒极了，”我说，“我觉得好像不止十五秒钟。”

一年以后，我们在艺术上和恋爱上的来往终于宣告结束，因为我承认，在贝齐到外面去演出，一心扑在舞蹈上，而我晚上闲着无事，也没有人管着我的时候，那个共同的朋友并不是我按在地板上的第一个女人。我这样做已有一些时候了，我承认我不该这么对不起她。当然，鲁莽的诚实所产生的结果，比我只承认只不过是诱奸狡猾的荡妇要坏得多；事实上并没有人问起我还有没有别人。但是我一心想着，既然自己是个喜新厌旧的混蛋，那就至少要做一个说话老实的混蛋，这样一来，我狠狠地伤了她的心，这既无必要，也并非我本意。悔恨之余，我从纽约逃到夸赛，终于在那里洗清了我的情欲和薄幸的罪孽，那就是坐在雪犁的后面，看着它清扫林间的小径，供我在那里独自愉快地散步——在散步的时候，我毫不犹豫地拥抱树木，跪在地上狂吻亮晶晶的积雪，因为我心中充满了感激、自由、复活的感觉。

关于这一切，我只告诉了洛诺夫夫妇我们怎样认识的动人的一节，还有，遗憾的是，我的女朋友和我现在暂时分了手，想试一试这是否行得通。除此以外，我用这样眷恋的口气来描绘她，结果是，我一边不安地担心，我在这一对老夫妻面前也许演绎得有些过分了，一边却不得不奇怪，我怎么会这么傻，放弃了她的爱情。说真的，我在介绍她的一切高贵品质的时候，几乎到了悲痛欲绝的程度，仿佛这个不幸的舞蹈演员并不是伤心地哭泣着，叫我走开，不要再来见她，而是在我们结婚的那天死在我的怀抱里。

霍普·洛诺夫说：“我从《星期六评论》里看到她是个舞蹈演员。”

《星期六评论》发表过一篇文章，介绍美国的青年无名作家，还有照片和“拭目以待的十二人”的简介，这是几份主要文学季刊的编辑们选出来的。我给拍了一张同我们的小猫尼金斯基[1]逗着玩的照片。我向来访问的记者承认，我的“朋友”在纽约市芭蕾舞团工作，他要我举出三位最崇拜的在世作家，我举的第一位是 E. I. 洛诺夫。

我现在有些惴惴不安，这大概是洛诺夫第一次知道有我这么一个人——尽管，我也承认，我在回答来访的记者那些讨厌的问题时，我心中未尝不希望，我的回答可能引起他注意我的作品。那本杂志在报摊上出现的那一天上午，我把关于“N. 祖克曼”的那一段大概读了五十遍。我想在打字机前照自己规定的那样干上六小时，但是结果一事无成，因为每隔五分钟我就要捡起那篇文章来，看一眼自己的照片，我不知道我想从那里看到什么——也许是前途，我买的头十部书的标题——但是我仍记得，我当时确曾想过，这样一张正温和地逗着小猫玩的热情且严肃的青年作家的照片可能

1　原为俄国旅欧著名舞蹈家的名字。

会刺激一些兴奋的女人，让她们想取代那个据说跟他一起住在格林尼治村[1]五层楼上的那个年轻的芭蕾舞演员。

“要是我早知道结果会是这个样子，”我说，“我是绝不会允许它发表的。他们访问了我一个小时，结果我说的话中他们用的都是些胡说八道。”

“不用道歉。”洛诺夫说。

“真的用不着，”他的妻子对我微笑说。“你的照片登在报上有什么不好？”

“我不是说照片——不过，这也包括在内。我万万没有想到他们要用我在玩猫的一张。我以为他们会用坐在打字机旁的一张。我早该明白，他们不可能都用谁在打字机旁的照片。来拍照的那个姑娘”——我曾经想把她按在地板上而没有成功——“说她只是为了贝齐和我才拍那张猫的照片的。”

“不用道歉，”洛诺夫又说，“除非你确切无疑地知道，下一次你

1 美国纽约市曼哈顿南部的一个艺术家集中区。

绝不会再那样做了。否则，做了也就算了。没有什么了不起的。”

霍普说：“他的意思只是说，他是了解的，内森。他对你的成就极其尊重。我们一般是不请客人的，除非是曼尼尊重的人。他对没有真才实学的人是不能容忍的。”

“够了，”洛诺夫说。

“我只不过是不要内森由于你所没有的优越感而讨厌你。”

“要是有一个不那么苛求的老伴，我的妻子可能会快活些。”

“但是你的确是不那么苛求，”她说，“除了对你自己以外，对别人都不那么苛求。内森，你不用为自己辩护。你为什么不应该享受一下初次成名的快乐呢？除了像你这样有才华的年轻人以外，还有谁更配呢？想一想那些每天出现在我们面前要我们敬重的没有价值的人：电影明星、政客、运动员。你正好是一个作家，但这并不是说你就非得剥夺自己作为一个普通人享受赞扬和崇拜的乐趣。”

“普通人的乐趣跟这没有关系，去他妈的普通人的乐趣。这位年轻人要做一个艺术家。”

“亲爱的，”她答道，“你的话叫内森听起来一定是这么——这么不肯马虎。其实你一点也不是这样的。你是我所认识的最宽容、最体谅、最谦虚的人。太谦虚了。”

“让我们忘掉我的话听起来是怎样的吧，且拿甜点心来。”

“但是你是最和善的人。他是那样，内森。你见到了艾米吧？”

“贝莱特小姐？”

“你知道他为她做了些什么吗？她十六岁的时候写给他一封信。由出版社转交。一封极其动人、充满生气的信——这么大胆，这么鲁莽。她把她的经历告诉他，他没有忘记，回了她的信。他总是给人家写回信的——甚至对傻瓜也要回复一张客气的便条。”

“她有怎么样的经历？”我问道。

“背井离乡的，”洛诺夫说。“难民。”在他看来，这似乎已经够了，不过在他的西部拓荒的妻子看来，这似乎仍不够，她紧逼着的那股劲儿，现在使我感到了惊异。她是不是有点儿喝醉了？还是心中有什么不痛快的事儿？

“她说，她是个极其聪明的有创造性的、可爱的十六岁姑娘，如今同一个不十分聪明、没有创造性、不可爱的家庭生活在英国的布里斯托尔。她甚至在信中附了她的智商，”霍普说。“不对，不对，那是在第二封信里。总而言之，她说她希望生活有个新的开端，她认为她在学校选本中读到的那个精彩的故事的作者——”

“不是选本，不过你继续说吧。”

霍普想用怯生生的一笑来试试她的运气，但是气场弱得可怜。“我想我可以不需要帮助说下去。我只是说一些事实，而且我想是够心平气和的。故事发表在一本杂志上，不是在一本选本上，这并不能说明我已经失去了自制的能力。而且，艾米并不是我要说的对象，一点也不是。我要说的是你的异常和善慈祥的脾气。你对谁遭到患难都很关怀——对谁都那样，除了你自己，和你的需要。”

“只是我的‘自己’，照你喜欢说的，恰巧并不存在于这个词的日常意义之中。因此，你可以停止大肆赞扬了。还是为它的‘需要’操操心吧。”

“但是你的自己确实存在。它完全有权存在——而且是在日常的意义中！”

“够了，”他又说。

听了这话，她就站起身来，开始收拾盘碟，准备吃甜点心，突然间，一只玻璃酒杯扔到了墙上。那是霍普扔的。“赶我走吧！”她叫道，“我要你把我赶出去。别对我说你不能那样做，因为你一定要那样做！我要你那样做！我去洗完碗，你就赶我出去，就在今天晚上！我求求你。我宁可独自生活，独自死去，我宁可这样也不愿意再忍受一分钟你的勇敢！在生活中的这许多失望面前，我再也经受不起品德的考验了！不论是你的，还是我的！我一秒钟也不能再忍受有一个对自己不抱任何幻想的忠诚的体面的丈夫了。”

我的心，当然在怦怦地跳，虽然不完全是因为玻璃撞碎的声音和一个失望的女人在可怜地哭的形象对我来说是件新奇的事。这已经约莫有一个月了。我们在一起度过的最后一个早上，贝齐把我们共同所有的一套布鲁明代尔[1]漂亮的小餐具的盘碟，全都敲得粉碎，一个不留，接着，我还在犹豫是不是不告而别，离开我的公寓房间，她就开始砸玻璃器皿了。由于说出全部真相而令她对我这么

1 纽约市最大的一家百货公司。

憎恨，这使我感到特别糊涂。我想，当初我应该说谎，要是我当初说，那个暗示我靠不住的朋友本人是个惹是生非的娘们，她因为贝齐交上好运而吃她的醋，所以发了疯，那么这一切就都不会发生了。但是，如果我当初向她说了谎，那我就真的向她说谎了。只不过，我要说的关于那个朋友的话基本上是真实的！我不明白这个道理。我竭力想要贝齐安静下来，并且向她解释，我对什么都这么坦白，这说明其实我是个好人，但她也不明白这个道理。事实上，就在这个时候，她开始摔细脚的玻璃酒杯，这六只一套的酒杯是瑞典货，是我们在几个月以前像一对正式夫妻一样高兴地外出时，在伯尼尔买的，代替原来用做酒杯的果酱瓶（同时还买了那条斯堪的纳维亚来的漂亮地毯，后来我就曾经想把《星期六评论》杂志来的摄影记者按到上面去）。

霍普·洛诺夫如今又颓然倒在她的椅子上，隔着桌子可以更好地同她丈夫讲话。她的脸上一块块地发白，那是她在自怨自艾时用手指在柔软多皱的皮肤上抠出来的。她的手指动作痉挛，比她悲苦的声音更叫我惊恐，我不知道该不该伸出手去，在桌上抢过叉子来，免得她刺到胸口中去，以便让诺洛夫的“自己”可以自由地追求她认为他所需要的目标。但是由于我只不过是个客人——由于不管是什么身份我“只不过”是沾个边儿——我没有动那些刀叉，等着最不堪设想的结局。

“你要了她吧，曼尼。你既然想要她，就要了她，”她叫道，“你就不会这么痛苦了，一切就不会这么凄惨了。她已不再是个学生了——她是个女人！你完全有权要她——你把她从默默无闻中救了出来，你不仅仅有权：这是唯一合情合理的事情！叫她接受这个工作，叫她留下来！她应该留下来！我让开！因为我连一分钟也不能再当你的看守了！你的高尚情操正在蛀蚀最后剩下的幸福！你是个名人，可以享受它，享受它吧，我现在已经成了废物，亲爱的，我已不能享受了。把我赶出去吧！请你马上就这么办，免得你的好心和明智把我们俩都拖死！”

晚饭后，洛诺夫和我坐在起居室里谈话，两个人都以令人钦佩的自制精神，小口地啜着他分在两只大矮脚杯里的一匙白兰地酒。

我在此以前尝过白兰地酒，不过只是当做家里临时用来止牙痛的药：我父母用一块药棉，浸了酒，塞在我阵阵发痛的牙龈上，一边带我去找牙科医生。但是，我接受了洛诺夫斟给我的酒，好像这就是我饭后的老习惯一样。这种喜剧场面加剧了，因为我的主人也是个爱喝酒的，他去找合适的酒杯。在有条不紊地寻找了一阵以后，他终于在门厅的碗柜低层里面找到了。“人家送的礼物，”他解释道，“我想大概仍保存在盒子里。”说完拿出两只到厨房里去把拿破仑时代以来的积尘洗掉，那瓶红漆封的白兰地酒就是这个牌子。他在洗杯子的时候，决定把另外四只也一起洗干净，然后在门厅里把它们藏了起来，这才回来和我一起到壁炉前面来开始饮酒作乐，喝个痛快。

没有多久——在他拒绝她请他让艾米·贝莱特特代替她的地位的要求以后一共大约二十分钟——就可以听到霍普在厨房里洗她走后洛诺夫和我默默地从桌上端开的盘碟。她似乎是在后面的一条楼梯上从他们的卧室下来的——大概是为了避免打扰我们的谈话。

在帮助他清理饭桌时，我不知道怎样处理她摔破的酒杯或她从桌边跑开去时不小心碰到地上去的碟子才好。作为晚辈，我虽然有责任为这位穿着整套衣服的胖子代劳，免得他弯下身去，特别是因为他是 E. I. 洛诺夫。但是在另一方面，我仍旧在想办法混过去，假装刚才在我面前发生的事情从没有发生过。为了不要让这一阵脾气发作显得太严重，他可能甚至想让碎片留在那里，等霍普以后来收拾，只要她不至于先在他们的卧室里自杀。

就在我的礼貌观念和我的年轻的怯懦同我的天真稚嫩还在斗争的时候，洛诺夫已经有点儿气喘吁吁地把碎玻璃扫到一只簸箕里，还从餐桌下面捡起了碟子。碟子已摔成完整的两半，他看了一下摔破的地方以后说：“她能粘上。”

在厨房里，他把碟子放在一张长长的木柜子上，让她以后修补。柜子上面放了一盆盆粉红色和白色的天竺葵在窗户下面。厨房光线明亮，十分雅致，比这所房子的其他地方看上去都赏心悦目一点。即使在冬天也在这里怒放的天竺葵旁边，各种各样的花盆和花瓶以及形状奇怪的小瓶中都长着高高的草和干枯的花。窗户之间的沿墙柜子看上去明亮、舒服、令人安心：各种各样的食品，上面有无瑕可摘的牌子名字——野蜂牌金枪鱼够一个因纽特家庭在冰屋里过冬的——还有瓶瓶罐罐的西红柿、豆、梨和酸苹果等，看来似乎是霍普自己腌制装瓶的。擦得亮晶晶的各种锅子一排排地挂在炉边一块木板上，早餐桌旁的墙上挂着六只朴素的木质镜框，里面是签名为“H. L.”的称颂大自然的短诗，抄写的书法细腻工整，还饰有水彩的图案。这地方看上去的确像是个不声不响什么都能粘补、什么都能做的主妇的大本营，只是她不知道怎样才能使她丈夫快乐。

我们谈论着文学，我高兴得有些飘飘然——但是在他如同聚光灯一般的关注下我也满头大汗起来。我相信，每一本我所第一次读到的书，他早已用他的红蓝铅笔划线作过注了，但是他所表示出来的兴趣，显然是要听听我的意见，而不是他自己的意见。他这种专一的关注的效果是使我连篇累牍地发表不成熟的见解，后来又诚惶诚恐地注意着他的每一声叹息和每一次皱眉，其实这不过是饭后的小小的不消化，我却赋予了是他对我的品位和智力水平有所怀疑的最可怕含意。尽管我担心我是不是过于努力，显得像个他所不喜欢的那种深刻思想家，但是我在他的魅力之下早已无法制止自己，这魅力不仅是他个人和他的成就的魅力，而且也是温暖的炉火的魅力，我手中端着的白兰地酒杯（如果说还不是白兰地）的魅力，有着靠垫的窗座外面静静地下的大雪的魅力，这样的大雪总是美丽和使人感到神秘的。还有许多伟大的小说家，我一边把我对各国文化的比较观和崭新的折中主义热情展放在他的脚下，一边一一列举他们的有魅力的名字——祖克曼同洛诺夫讨论卡夫卡：我连懂都不十分懂，更不用说要把他说清楚了。还有他在饭桌上的敬酒。我一想起来，体温就要上升到一百零五度。我对自己起誓说，我以后要一辈子努力，不辜负他的敬酒。我的这位毫不怜悯的新主人敬酒的目的不就是为了这个吗？

“我刚刚读完了伊萨克·巴别尔[1]。”我告诉他。

他不动声色地在考虑我的话。

“多少是为了好玩，我在想他就是那个失掉了的环节；这些小说是把你们联系起来的东西，如果你恕我冒昧提到你的著作——”

1 Isaac Babel (1894—1940)，犹太裔俄罗斯作家，最著名的小说集是用俄籍犹太人的口语写的《敖德萨故事》。

他把双手交叉在肚子上，就放在那里不动了，这个动作使我只好说："对不起。"

"说下去。同巴别尔联系起来。怎么联系起来的？"

"当然，说'联系'这个词并不恰当。'影响'也是如此。我说的是一家人的相似。照我看来，好像你是巴别尔的美国亲戚——而费里克斯·阿勃拉伐纳尔是另外一个。你通过'耶稣之罪'和《骑兵军》里的一些东西，通过有讽刺意味的做梦和直率的报道，当然，还有通过写作本身。你明白我的意思吗？他的战争小说里有一句话：'伏罗希洛夫用毛瑟枪梳理了他的坐骑的鬃毛。'这正是你常做的事情，每一句话里都有一个使人叹绝的小镜头。巴别尔说，如果他要写自传，他就管它叫《一个形容词的故事》。要是可以设想你也写自传——要是这样的事情可以设想的话——你可能也会用这个书名。不是吗？"

"那么阿勃拉伐纳尔呢？"

"哦，阿勃拉伐纳尔写的是本尼亚·克利克和敖德萨匪帮：幸灾乐祸者，匪徒，都是一些彪形大汉的类型。不是他同情这些暴徒——巴别尔也不是那样。而是他们对这些人感到敬畏。甚至他们被吓怕的时候，他们也感到敬畏。沉思的犹太人一听到这种不合教规的啃骨头的声音就有点儿迷恋。也就是巴别尔说的，敏感的犹太圣贤一心只想爬树。”

“‘我幼时过圣贤的生活，长大后开始爬树。’”

“对，就是这句，”我说。这不出我所料，但我仍很佩服。于是我就继续说。“瞧一下阿勃拉伐纳尔的《烫得正好》。电影巨头、工会巨头、骗局巨头、只靠她们的乳房才做了巨头的女人——甚至以前做过巨头如今落了魄的瘪三，说起话来也像落魄的巨头。这正是巴别尔对犹太巨头，对没有良心的哥萨克、对凡事都能随心所欲的人的那种迷恋。意志就是雄心。只不过是巴别尔自己并不这么可爱和庞大。这不是因为他怎样看待事物。他可以说是自我陶醉已被排除干净了的阿勃拉伐纳尔。如果你排除得够干净了，你最后就达到了洛诺夫的水平。”

“那么你呢？”

“我？”

“是的，你还没有说完。你也是巴别尔家在新世界的亲戚吗？根据你说的，祖克曼又是何许人呢？”

“什么也不是。我只出版了我送给你的四篇小说。我的亲戚关系不存在的。我想我现在仍处在这样一个阶段：我同我自己作品的关系几乎是不存在的。”

我说完以后，就马上伸手去拿酒杯，想隐藏我不老实的脸，放一滴白兰地苦酒在我舌头上。但洛诺夫还是识破了我的打算，因为当我谈到巴别尔把那个犹太作家描写成为一个心如残秋、鼻架眼镜的人时，我一时受到启发，加了一句，“阴茎充血”，接着把这话当做一个挑战——当做把我的灵魂铁匠炉生起火来的代达罗斯式[1]的引火方法——记录下来。

“还有什么？”洛诺夫问道。“说呀，别害羞。这很好玩。请说下去。”

1 希腊神话中在克里特岛为米诺斯国王造迷宫的建筑师和雕塑家，因触怒国王被囚在迷宫，用蜡和羽毛制造翅膀，同儿子伊卡罗斯一起逃走，其子因飞离太阳太近，翅膀融化坠死。“代达罗斯式的”，意为巧妙的，错综复杂的。

“关于——”

“你读过的书。”

“你的书包括在内还在外？”我问他。

“悉听尊便。”

我说：“我把你当做是逃脱成功的犹太人。”

“这样有用处吗？”

“这话有些道理，是不是？你从俄国和反犹屠杀中逃脱出来了。你从清洗中逃脱出来了——而巴别尔却没有。你从巴勒斯坦和故国逃脱出来了。你从布鲁克林和亲戚那里逃脱出来了。你从纽约逃脱出来了——”

“这一切记录在什么地方呢？在海达·霍帕[1]那里？”

“有些确实是从他那儿看来的。其他一些是我自己搜集到的。”

“为了什么目的？”

“你要是对一个作家感到钦佩，你就会感到好奇。你寻找他的

1 好莱坞一个流言蜚语专栏作家。

秘密。他的谜的线索。”

“但是纽约——我二十多年以前在那里待过三个月。谁告诉你我从纽约逃脱出来？”

“一些犹太人，你逃脱了他们。”

“我在那里三个月，我想我只有一次有机会说一句话。说的是什么话，我已不记得了，但是忽然我就属于某一派系了。”

“你就是因为这个才离开的吗？”

“还有，那个姑娘，我爱上了她，同她结了婚。她那时不快乐。”

“为什么不快乐！”

“同我一样。甚至在那时候那些人也是极其知识分子气的人。真正可以说是思想上的本尼亚·克利克，甚至在孩提时代。我没有足够坚强的意志可以支持我在那里待一年。我的霍普更少。”

“因此你回到这里来了，你永远地逃脱了出来。”

“从犹太人那里？不完全是。猎场看守告诉我，在这些树林里，除了我以外还有几个。不过你多少是对的。使农民头痛的是他们田里的鹿，不是他们在这里见到的我们少数几个穿长袍的人。但是秘密在哪里，内森？谜是什么？”

“离开所有犹太人，由你写的一篇小说，其中没有一个犹太人，那是不可想象的。鹿，农民，猎场看守——”

“不要忘记霍普和我们金发的孩子。”

“但是你写的仍全是犹太人。”

“这证明了什么？”

“这个，”我小心地说，“就是我要问你的问题。”

他想了一会儿。“这证明为什么皮兹菲尔德的年轻的拉比[1]不能相信我不会‘积极’。”

我等他再说下去，但是白等了。

“你认识阿勃拉伐纳尔吗？”我问。

“内森，你现在一定了解情况了。”

“什么情况？”

1　犹太教教士。

“我谁也不认识。我把句子颠来倒去，如此而已。为什么阿勃拉伐纳尔要认识我？我叫他打瞌睡。他去年春节在阿默斯特进学。送来了请帖，我们就开车去听讲。不过这是我们唯一的一次见面。开始讲学之前他到会场上我坐的地方，向我进行了自我介绍。他很奉承我。我的这位毕恭毕敬的年轻同行。会后我们同他和他的女演员一起喝了一杯酒。一个很文雅的人。在你看到即兴喜剧[1]演员的侧面之前，你是见不到这个讽刺作家的真面目的。这就是可笑的地方。从正面来看，他是个大情人。乌黑眼睛，如此等等。他的年轻的以色列妻子像火山熔岩。外教人梦想中的乳房肥大的犹太女人。又粗又黑的一头卷发——他的头发留长后的女性化。你可以用它来擦亮锅子。他们告诉我，她在拍关于《圣经》的那部巨片时，抢了创世主的戏。这样一边是他们两位，一边是我和霍普。由此，”他说，再一次轻轻地把双手放在肚子上。“我知道他在朋友面前滑稽地模仿过我。并没有什么恶意。我以前的一个学生在巴黎碰到他。

1　十八世纪流行于意大利的一种喜剧，剧中演员头戴面具，根据情节概要即兴编词演出。

他刚刚在巴黎大学讲了一次学，听众座无虚席。据说他听到我的名字时说我是‘完人——给人的印象同他对别人的印象一样平常’。”

“你不怎么喜欢他。”

“我不是搞这一行当的。‘喜欢人’常常也不过是一种骗人的行当。但是你对他写的书评价很高，这是对的。也许不合我的胃口，这种种面对面的虚荣。但是他写作的时候，并不仅仅是一匹慧骃[1]拍打马蹄来显示他的优越。而是像约翰逊博士[2]吃鸦片——他的一生的病使阿勃拉伐纳尔飞翔。说实话，我钦佩这个人。我钦佩他坚强的神经系统。我钦佩他对第一排座位的热衷。美丽的妻子，美丽的情妇，赡养费高得像国债，北极探险，前线报道，与名人为友，与名人为敌，精神崩溃，公开讲学，每隔三年出一本五百页厚的小说，而且就像你说的，仍有时间和精力来用于自我陶醉。他小说中的彪形大汉必须那么魁梧，才能使他有什么东西可以考虑考虑来与

1 原文是 Houyhnhnm，英国作家斯威夫特的作品《格列佛游记》中人性化的马。

2 Dr. Johnson（1709—1784），英国作家，第一部辞典编纂者。

自己竞争。喜欢他？不。但是印象深刻，是的。绝对的。在自我领域里，那可不是去野餐。我不知道那个人什么时候睡觉，不知道他究竟睡不睡觉，除了他与我一起喝那杯酒时的几分钟以外。”

屋子外面，像个默片摄影棚，他们把床垫里的棉花喂到一只鼓风机里去，人工制造出一场大雪来。大片的雪花飘过玻璃窗，我甚至能听到雪片撞击玻璃的声音——还有什么人在厨房忙忙碌碌的声音——我记起了洛诺夫的妻子要求把她遗弃，心里就想，要是在一个阳光和煦的春日，这个请求会不会这么彻底。“我想我该去叫出租汽车了，”我指一指手表，“还赶得上末班公共汽车回去。”

当然，我想的是永远留下不走。不错，霍普在饭桌上大发作时，我一时的确想过回到夸赛自己的小屋里去；但是现在，这场危机似乎已自行解决了，这只增加了我对洛诺夫的敬畏，特别是因为他毫不脸红地称为我自己的那种勇气的东西。要是贝齐发作的时候我能想到采取他的态度那就好了；我应该闭上嘴巴，等她骂够了我，然后打扫掉破杯子，坐下来读另外一本书！为什么我不那样做呢？因为我才二十三，他已五十六？还是因为我有罪，他清白？是的，他的权威，还有家庭生活中的理智和秩序的迅速恢复，很可能是由于这一点。“要了她！这是唯一合情合理的事情！”霍普这么叫道，而洛诺夫的轻易胜利似乎是在于他从来没有想要胜利。

我因为艾米·贝莱特而不愿叫出租汽车，我有点发疯地在希望，她与大学图书馆主任吃完饭回来后，会表示愿意冒风雪开车送我上汽车站。早先洛诺夫在斟白兰地酒时——他全神贯注，像个在洛斯阿拉莫斯[1]用可裂变的五分之一加仑瓶训练出来的酒吧侍者一样——我问过她上哪儿去了。我没有勇气问她的难民身份。但是在饭桌上他说过她是以难民身份到阿西纳学院来的，使我想起了我们幼时住在新泽西州吃饭时常常听到的“欧洲挨饿的儿童”。如果艾米是其中之一，那么我在她身上看到的发育不全的现象就不言自明了，尽管她的成熟是很显眼的，她的美貌有些冷厉。我心里在想，

1　美国原子弹研制基地，在新墨西哥州。

这个有个怪名字贝莱特的黑发难民姑娘很可能是犹太人，在欧洲所遭到的苦难要比挨饿苦得多。

“是的，”洛诺夫说，“你最好叫一辆出租汽车。”

我不是很痛快地站起来准备走。

“要不然，你要是愿意，”他说，“你可以在这里过夜，睡在书房里。”

“不了，我想我真的该走了，”我一边说，一边诅咒自己所受的教养，因为它叫我不要贪吃第二次添菜。要是我是穷人家出身就好了！只是，要是穷人家出身，我，怎么有可能到这里来呢？

“悉听尊便，”洛诺夫对我说。

“我不愿给你太太添麻烦。”

“你一定要走比你留下来更会使她不安。她可能认为全是她的缘故。她一定会那样。”

我假装刚在月亮上吃过晚饭。“为什么？”

“坐下。明天吃了早饭再走，内森。”

“最好不要那样。我不应该。”

“你知道吉米·杜兰特[1]是谁吗？”

“当然知道。”

“你知道杜兰特的一支老歌叫‘你有没有这样的念头，一边想走，一边又想留下’吗？”

“知道。”

“那么坐下。”

我坐了下来——悉听我便，像他说的那样。

“此外，”他对我说，“你要是现在走，你的白兰地酒就都剩下了。”

“我要是走，你的也会剩下。”

“可是，逃脱的犹太人并没有完全脱身。”他对我微笑说。“你不必因为留下来就非把它喝完不可。这可不是条件。”

“不，不，但是我想喝完它，”我说，啜了那天晚上最大的一口酒。他向我举杯，照样画葫芦。

1 Jimmy Durante (1893—1980)，美国歌手，钢琴演奏家，喜剧演员。鼻子特大。

“霍普会非常高兴，”他说，“她喜欢有人做伴儿。她想念她的孩子们和他们的朋友。在我把她带回到这里来之前，她到波士顿去上艺术学校，最近的火车站要走十六俄里[1]。曼哈顿叫她害怕，但是波士顿是她的莫斯科，要是能搬，她明天就会搬到那里去。她以为我在剑桥会过得很好。但是那些晚宴就够叫我厌烦的了。我宁可同马谈天。”

“你养马吗？”

“没有。”

我喜欢他！是的，对这个没有幻想的人，我的感情是不折不扣的喜欢。我喜欢他的直率、审慎、严格、冷淡；喜欢他毫不留情地筛掉孩子气的、炫耀自己的、永不知足的自我；喜欢他的艺术家的执拗脾气和对几乎一切其他东西的怀疑；喜欢他被掩藏的魅力，这魅力就在他刚给我的匆匆一瞥中。是的，洛诺夫需要说的只是，他甚至没有马可以谈天，但光是这句话就行了，这正在我的心中激起

1　一俄里约为一点〇六六八千米。

了一个儿子对这个有很高德行和成就的人的女儿式的喜爱，这个人了解生活。了解儿子，而且表示称许。

我在这里应该提一下，大约三年以前，在费里克斯·阿勃拉伐纳尔面前待了几个小时以后，我也一样折倒。但是，如果说我没有马上拜倒在他的脚下的话，那是因为，即使是像我那样崇拜作家的大学四年级学生也可以看出，在阿勃拉伐纳尔身上，这种无限的崇敬——至少是一个年轻的男性崇拜者所表示的——是注定得不到回报的。他的一些书是在阳光绚烂的加利福尼亚峡谷的寂静中写作的，洋溢着奔放和大胆的纯真热情，但是这似乎同作家本人很少有关系，他在峡谷中对这个堕落的世界，态度是那么热情，可是一旦他从峡谷里出来到这个世界上，他的态度又是那么冷淡。这个作家对于一切形迹可疑、足以致命的角色都感到无法抗拒，其中也包括男女两性的骗子，他们践踏了他笔下乐观的、上当的主人公的宽容的心；这个作家能够在美国的最狡猾的追求私利的人身上找到催眠的神经，使他用自己的生动的话，透露他埋在深处的狡猾的灵魂；

这位作家专心致志于揭露“人类的大倾轧”，他的每一段话都可自成一部小说，每一页都像狄更斯或陀思妥耶夫斯基那么紧凑，充满了关于疯狂、诱惑、激情、梦想的最新消息，整个人类都燃烧着感情——可是，就是这位作家，你见到他血肉之躯时，给你的印象却是出去吃午饭。

这并不是说费里克斯·阿勃拉伐纳尔缺少魅力。相反，他的魅力像条护城河，河面这么宽，你甚至看不到当初挖河要保护的布满塔楼堞墙的大城堡。你甚至找不到吊桥。他像加利福尼亚本身——你要到那里去得坐飞机。阿勃拉伐纳尔在讲学时有时——那是在芝加哥，我大学里最后一年——得在讲桌前停下来，似乎是要把临时到了嘴边的话咽下去，这话大概是太俏皮了，他的听众恐怕接受不了。他这样做是对的。要是他表现得再狡猾、迷人、聪明一些，我们很可能冲上台去把他生吃了。可怜的了不起的阿勃拉伐纳尔（我说这话一点也不带讽刺意味）——甚至原来要守卫他的内在才华的圆花窗里的东西，本身也太美丽了，以致全世界没有才气的群众和艺术爱好者只觉得他更有引诱力。另一方面，也许他本来就是要那样。显然，要显得伟大，没有简单的办法，至少这是我开始发现的真理。

讲座结束后，我投在门下的那位教授请我去参加教员俱乐部的招待会。我们好不容易冲破了仰慕者的包围圈，教授把我介绍给了他，说我就是明天上午阿勃拉伐纳尔慨允参加的班上要讨论的小说的作者。从照片上来看，他的脸上有一种专横傲慢的神情，因此我从来没有想到过他的样子是这么兢兢业业，也没有想到他的脑袋安在他六英尺高的魁梧的身躯上足足小了一号半。在那些阿谀奉承的人们中间，他使我想到了一座无线电铁塔，塔顶上亮着一盏小小的红灯，警告低飞的飞机不要挨近。他身穿一套价值五百元的丝质衣服，系着一条酱红色的绸领带，脚上穿着一双擦得亮晶晶的系着流苏的狭长黑便鞋，但是一切重要的东西，一切造就魅力、欢笑、他的著作和精神崩溃的东西，都紧紧地装在顶上——悬崖峭壁上。这个头部只有日本的技术人员用他们制造微型产品的本领，才会设计出来，然后交给犹太人去装上毛毯商人的逐渐稀薄的黑发，随时窥测形势的黑眼睛，热带鸟类的钩形鼻。上面是个完全闪族化的小半导体，下面是高级的衣服——而整个印象仍是某个人的替身。

我心里想，在小说里，似乎没有东西能够逃过他，那么怎么他到了这里，人又不在这里呢？也许因为他受到的进攻太多了，他不得不把自己对外界关闭百分之九十，为了避免爆炸。不过我又想，也许他只是出去吃中饭。

阿勃拉伐纳尔出于礼貌，握了一握我的手，正要转过身去，同样出于礼貌握另一个人的手时，教授又说了一遍我的名字。“当然，”阿勃拉伐纳尔说，“N. 祖克曼。”他从西海岸来的飞机上读了我的小说的油印稿，安德丽亚也读了。“亲爱的，”他说，“这位就是祖克曼。”

唉，打从哪儿开始呢？安德丽亚也许只比我大五年，但这是很好地利用了的五年。她从萨拉 · 劳伦斯女子大学毕业后，显然在伊丽莎白 · 雅顿[1]和亨利 · 本德尔[2]那里继续受教育。我们大家都知道——她的名声先于她本人之前——安德丽亚的父亲曾经是罗斯福

1 Elizabeth Arden (1884—1966)，著名化妆品牌创始人。

2 Henri Bendel (1868—1936)，美国女性商品系列创始人。

第一届政府里年俸只拿一元的人，母亲是卡拉·彼得森·朗博，俄勒冈州健谈的自由派国会议员。她还在上大学的时候就为《星期六晚邮报》杂志写了她的人物访谈《权势人物》中的第一篇，这个连载最后收了集子，成了她的一本畅销书。无疑（眼红的人很快就指出），家庭关系帮了她的大忙，但显然，是安德丽亚本人的在场，才使得这些忙碌的权势人物滔滔不绝地谈话，因为安德丽亚是个像水蜜桃一样的女人。的确，你觉得要是你挤一挤她，你就可以喝到满满一杯令人清脾爽胃的健康的安德丽亚汁当早饭。

当时，她同阿勃拉伐纳尔同居在他筑在太平洋边上帕利塞德斯山上的别墅里，离他的朋友和导师托马斯·曼[1]的家只有几里远。（“人类的大倾轧，”托马斯·曼在献给《烫得正好》德文版的赞不绝口的序言中这么称呼阿勃拉伐纳尔的主题。）在阿勃拉伐纳尔最近一次离婚（和谣传的感情崩溃）之后，安德丽亚来为《星期六晚邮报》的连载文章进行采访，据横贯大陆的文学界的传说，来了以后就

1 Thomas Mann (1875—1955)，德国小说家，后流亡在美国，名著有《布登勃洛克一家》。

没有离开过。还传说阿勃拉伐纳尔不仅是第一个被提名为美国的权势人物的文人，而且也是第一个使安德丽亚接受了他的追求的权势人物。我本人却想，安德丽亚会不会是第一个使阿勃拉伐纳尔接受了她的追求的记者。他看上去更像是个需要引诱才能成奸的人。

“终于见到你了，真是十分高兴，”安德丽亚说，精神抖擞地握了一握我的手。握手的精神抖擞同她丰腴柔嫩的外表适成反比，但讨人喜欢。她的脸是鹅蛋形的，表情温柔，但她的握手似乎在说，“请不要怀疑，我就是魅力无边的女人。”这点我毫无异议。这，我在看到她之前的一个月已经相信了，那是我们为了定旅馆房间交换信件的时候。我作为大学讲学委员会的学生代表，根据她的指示，以他们两人的名义在附近最勉强够得上称为一家大饭店的温德米尔预定了一个房间。“阿勃拉伐纳尔先生和朗博小姐？”旅馆职员问。“他们是夫妇吗，先生？”这个问题，请注意，是在一九五三年三月问我的，所以当时我编了一个谎来回答他，免得我的英雄招来流言蜚语——“阿勃拉伐纳尔太太是位著名的记者，这个当然是她的职业上的名字”——那时我心里明白，朗博小姐的波希米亚式的大胆作风的最终结果，将是我没有得到学位就被大学开除。

“我喜欢你的小说，”她说，“很好玩。”

我板着脸感谢这个胸脯高耸的女人对我的睿智的恭维，她长着一张鹅蛋脸，肤色白皙，像个挤牛奶的女郎，握起手来却紧紧的像个年轻人一样自信。与此同时，阿勃拉伐纳尔把我传给安德丽亚去处理以后，自己就被我们的另一位教授介绍给一簇研究生了，他们怯生生地等在他们的教师旁边，想向作家提严肃的问题。“唉，”我听见他煞风景地轻笑一声，“我这些日子里没有工夫考虑‘影响’——安德丽亚叫我忙不过来。”“费里克斯，”她则在对我说，“对这小说也着了迷。你应该看到他在飞机上的那样子。他一直仰天大笑。你打算送到哪里去发表？也许费里克斯应该同——”她提到一个名字。这人是克内贝尔，但是对于像我这样一个以前只在大学文学季刊上发表过小说的人来说，要是她说“酒会以后我要回旅馆酒吧里去采访铁托元帅——那时费里克斯就可以从休息厅里升到天堂去同《卡拉马佐夫兄弟》的作者讨论你那篇有趣的油印小说。我们是在西伯利亚认识的，那时费里克斯和我在访问监狱。”其效果也不会更加令人感到意外。我在背后什么地方听到阿勃拉伐纳尔在回答研究生的另一个严肃问题。“异化？哦，”他说，又是那么轻轻一笑，“让别人去异化吧。”就在这个时候，安德丽亚告诉我，“他明天晚上去纽约见赛——”（赛就是克内贝尔，就是我过去多年来如饥似渴地嗜读的纽约知识界季刊的二十年老编辑。）

第二天阿勃拉伐纳尔参观了我们的高级写作班，由作风大胆的安德丽亚陪同，这使那些只愿为艺术而生活的人们感到意外。她容光焕发、目中无人地坐在第一排中间（还有她的白色的毛衣，她的来自农村天堂的金色头发），使我想起了半辈子以前的十月里的一个下午，我像一个按捺不住的囚犯，坐在斜面的书桌面前练习书法，这时世界棒球联赛的实况正在向美国每一个加油站的破收音机广播。就是在这时候，我终于明白了那些厌恶教室和教师、恨不得整个校舍着火烧光的顽皮的笨学生心里为什么会那么难熬。

阿勃拉伐纳尔双手插在裤兜里，随便地靠着教授的讲桌，用不是太露骨的钦佩口气，谈到我的小说，多半是用他的笑声来为它辩护，反驳那些正统福斯特派的批评，他们认为我的叙述者是“扁平的”，不像他们在《小说面面观》中读到的人物那样是“丰满的”。但是在那天，我对这种种吹毛求疵都没有听进去。只要那些笨蛋说到“丰满的”，我就想起安德丽亚。

课后阿勃拉伐纳尔邀我到附近的小饭馆去喝一杯咖啡，同去的还有安德丽亚、我的教授，和社会学系的一个成员，他是阿勃拉伐纳尔年轻时代的一个老朋友，一直等在教室门外要给阿勃拉伐纳尔一个重叙旧谊的拥抱（这位作家一边后退一边还是落落大方地接受了）。阿勃拉伐纳尔是亲自提出邀请的（我后来如此写信告诉我的父母），第一次说了一句听来像是真的很同情的话：“他们是帮不好惹的家伙，祖克曼。你还是来输一次血吧。”我以为在喝咖啡的时候他会告诉我，他要把我的小说拿到纽约去给赛摩·克内贝尔看。我有一百个理由感到飘飘然。当他告诉我去给我输血时，我记不得以前曾经感到过自己是这样一个丰满的人物。托马斯·曼为他做的事情，他现在要为我做了。文学史正在创造之中。安德丽亚也在那里，把这一切都记载下来传给后代，这真是件幸事。

但是在喝咖啡的时候，阿勃拉伐纳尔一句话也没有说。他只是把他长长的、消瘦的身躯靠在他的椅背上，穿着一身上课时穿的衣服：淡灰色的法兰绒裤子，浅紫色的套头毛衣，开司米粗呢上衣，质地看上去像一只猫一样的光滑，可以抚摸。他的双手和双腿都文雅地交叉着，让他的活泼的年轻伴侣代表他说话：大半是关于费里克斯的老父，洛杉矶一个油漆匠的生动、好笑的故事，还有他用两种语言混合起来讨她欢心的话。甚至那位社会学教授也给征服了，虽然根据校园里的传说，我知道他是阿勃拉伐纳尔好打官司的第一个妻子的好友，很不满意这位作家对她的态度，首先是在生活中，其次是在小说里。此外，据说他也不赞成阿勃拉伐纳尔对一般女人的态度，尤其是，他认为像他那样有声望的作家不应该让《星期六晚邮报》杂志发表关于自己的文章。但是现在这位社会学教授却提高嗓门想要安德丽亚听到他的讲话。他在小的时候也是费里克斯父亲怪话的崇拜者，他现在要大家都知道。“‘那个家伙，’”社会学家大声道，学着老阿勃拉伐纳尔的腔调，“‘他已经不在世了——可怜的家伙自死[1]。’”要是阿勃拉伐纳尔也认为那位退休的油漆匠一辈子讲怪腔怪调的英语这么令人难忘，他并没有表露出来。他在听安德丽亚讲故事的时候，态度表现得那么文雅、自信、有礼，使我对此有所怀疑。在外表上，阿勃拉伐纳尔怀念洛杉矶时代的感情并没有外露的痕迹，这种感情的流露他留给了他小说的读者，他们爱他儿童时代那个充满感情的世界，好像这是他们自己的世界一样。他本人似乎宁可从远处往下看我们，像只美洲驼或骆驼。

“祝你走运，”这是他们站起来去赶纽约火车时他对我说的话——安德丽亚说得更少。这一次，因为我们已经互相认识了，她把我的手握在她五根柔软的手指里，但是神话里公主握手给我的感觉，与教员俱乐部酒会上的军人握手没有什么两样。我想，她已忘掉克内贝尔了。也许她已告诉了阿勃拉伐纳尔，以为他会处理这件事的，而他却已忘了。也许她告诉了他，而他却说：“别去管它。”看着她挽着阿勃拉伐纳尔的胳膊离开小饭馆——看着她到了街上为

1　原文为自杀，那个老油漆匠念讹了音。

了要在他耳边说句话而踮起脚尖时头发擦到他的肩膀——我终于明白，在他们头天晚上回到温德米尔饭店以后，除了我的小说，还有别的事情要考虑。

这便是我为什么从夸赛把四篇已发表的小说邮寄给洛诺夫的原因。费里克斯·阿勃拉伐纳尔肯定不想要一个二十三岁的儿子。

九点不到，洛诺夫看了一下他表上的时间，就喝干了最后一滴白兰地，这一滴酒留在杯底已有三十分钟了。他说他一定得告退了，但我仍可以留在起居室里听音乐，或者，如果我愿意的话，可以到他书房中去，那是我今晚睡觉的地方。在灯芯绒的床罩下，书房里的卧榻已经铺上了干净的床单。毛毯和枕头在壁柜的低层，干净的毛巾在楼下洗澡间的壁柜里——他请我不必客气，尽管用那斜条的毛巾，因为它们用的次数最少，洗淋浴后擦身最好——在壁柜里，在第二层靠里边的地方，不定期有一支塑料匣还没有启封的牙刷和一管新的伊巴那牌小管牙膏。还有什么问题吗？

“没有了。”

我还需要什么东西吗?

“谢谢你，什么都不缺了。”

他站起来的时候咬了咬牙——腰部风湿痛，他解释道，那是因为那天句子颠来倒去得太多了——然后说，他晚上还要读一会儿书。任何一个作家的书他如果不是连续几天读，每次一口气读三小时以上，他就感到有点对不起这位作家。不是这样的话，尽管他做笔记、划线，他就接触不到那本书的内在生命，还不如不读。有时，他不可避免地中断一天，他就要回过头去，从头读起，否则他就老是忐忑不安，因为做了一件对不起一位严肃作家的事。

他把这些想法告诉我，其一丝不苟的口气，同他指点我找牙膏和毛巾的地方时一样：一个态度直率、言辞通俗、毫不夸张的洛诺夫似乎与一个讲究衣着的商场经理洛诺夫作为对没有文化的世界的正式代表轮番出现。

“我的妻子认为这是个严重的毛病，”他又说。“我不知道怎样休息。很快她就会叫我出去，痛痛快快玩一玩。”

“不会这么快，”我答道。

“别人把我当傻子，”他说，“完全是有理由的。但是我没有这样的福气。不这样，我怎么能够读一本真正有深度的书呢？为了‘消遣’？只是为了——叫我入睡？”疲倦地——从他疲倦的、暴躁的口气中，我觉得他是准备上床了，而不是再花一百八十分钟全神专注于一位严肃作家写的一本有深度的书的内在生命——他问道，“不这样我怎样安排我的生活呢？”

“你愿意怎样另外安排？”

唉，我终于做到了，我终于从发木的忸怩和愚蠢的过分认真中解脱出来——从偶尔企图学洛诺夫的方式讲一两句俏皮话中解脱出来——向他提出了一个直截了当的问题，这个问题的答案我是十分希望听到的。

“我可能愿意怎样另外安排？”

看到他站在那里极其认真地考虑我的问题，我感到十分兴奋。“是的，如果可以照你的意思，你现在会怎样生活？”

他按摩一下他的后腰说：“我现在就会住在佛罗伦萨郊外的一幢别墅里。”

“是吗？同谁在一起？

“同一个女人，当然。”他毫不犹疑地回答，好像我是另外一个大人。

因此，我就像个大人似的又问他：“这个女人，她多大？”

他俯身向我微笑。“我们俩都喝得太多了。”

我给他看我的杯里还有足够的酒可以摇晃一下。

“为我们。”他说，这次也顾不上用手指提起裤腿上的折痕，就有点随便地落座在椅子中了。

“请便吧，”我说，“我并不是要留你在这里妨碍你读书。我一个人待在这里也很自在。”

“有时，”他说，“我很想有那么一天，我已读完了我要读的最后一本书。最后一次看了一眼我的手表。你以为她该多大？”他问。“在佛罗伦萨的女人。你作为一个作家，猜猜多大？”

“我以为你得在三十年后才要我猜这个问题。我不知道。”

“我说三十五岁。你觉得怎样？”

“好吧，要是你这么说。”

“她三十五岁，她会使我的生活过得很美好。她会使我的生活过得又舒服，又美好，又新鲜。她会在下午开车送我到圣吉米尼亚诺去，到乌菲兹去，到锡耶纳去。在锡耶纳，我们去参观大教堂，在广场上喝咖啡。在早餐桌旁她在漂亮的晨袍下面穿着长长的充满女人味的睡衣。那是我在旧桥边一家铺子里给她买的。我将在一个阴凉的石块盖的屋子里工作，有法兰西式落地窗。花瓶里插着鲜花。是她剪好，放在那里的。如此等等，内森，大体上按这个情调。”

大多数人都想返老还童，或者做国王、后卫球员、亿万富翁，而洛诺夫似乎只要一个三十五岁的女人和一年的国外生活。我想到阿勃拉伐纳尔、那个摘果子的工人和以色列女演员——“像火山熔岩”——她是阿勃拉伐纳尔的第三任妻子。想到那个丰满的角色安德丽亚·朗博。安德丽亚如今浮沉在谁的海洋中了？“要是就这么一些……”我说。

“说吧。我们是在醉后说胡话。”

“如果就这么一些，听起来并不太难安排。”我听见自己在这么告诉他。

“哦，是吗？你知道有哪一个年轻的女人在寻求一个五十六岁的秃顶老头儿，陪他到意大利去？”

“你并不是一个一般的五十六岁的秃顶老头儿。跟你到意大利去，同跟别人到意大利去不一样。”

“这话是什么意思？难道为了一张屁股我得付七本书的代价吗？”

这突如其来的粗话倒使我一时觉得好像我才是个胸口插着鲜花的商场经理了。“我不是这个意思。当然这种事情常有，这种事情发生过……”

“是的，在纽约，你一定看到很多。”

“在纽约市，没有一个写了七本书的人会如此去交换一张屁股。那是你写了两行诗就可以换到的东西。”我说起来好像很懂行似的。“我的意思只是你并不是想弄个后宫。”

“就像那个胖太太说那件圆点衣服，‘这衣服很漂亮，但不是洛诺夫。’”

"为什么不是？"

"为什么不是？"他有一点讥嘲地重复道。

"我的意思是——为什么不能是？"

"为什么应该是？"

"因为——你要。"

他的回答："不是个充分的理由。"

我没有勇气再问："为什么不是？"要是醉了，仍不过是醉了的犹太人。我相信，只能到此为止，不能再进了。结果我是对的。

"不，"他说，"你不能只因为在喝早餐的鲜果汁的时候要看到一张新面孔，就在三十五年以后把一个女人赶出去。"

一边想着他的小说，我不由得寻思，他恐怕从来没有向她吐露过，或者向他的孩子吐露过，据他先前告诉我，他的孩子在他们没有离家以前曾经使他散过心，给他的生活带来过一定的乐趣。在他的七本小说集中，我想不起有一个主人公不是一个单身汉、鳏夫、孤儿、弃儿，或者一个不是十分情愿的未婚夫。

"但还不仅仅是这个，"我说，"不仅仅是一张新面孔……是不是？”

“什么呢？床？我有床。我知道我的怪癖。”洛诺夫说，“和因此而得到的好处。”这时他突然结束了我们的醉话。“我还有书要读。我告辞以前，把怎样使用唱机告诉你。我们收藏的古典唱片很精彩。你知道怎样揩唱片吧？这里有块布——”

他颤抖着地站了起来，慢慢地，颤巍巍地，像一头大象。他的所有固执脾气似乎都消失了，不知是由于我们的交谈，还是由于他的背痛——还是由于他的怪癖而耗尽——我不知道。也许每天都是这样结束的。

“洛诺夫先生——曼尼，”我说，“在你去睡之前，没有旁人在场，我可以向你提个问题吗——关于我的小说？我不知道我是不是完全懂得了你所说的关于‘动荡’的话。在吃晚饭的时候。我并不是想抓住一个词，但是出于你口中的任何一个词——我想一定要做到我是懂得的。你读过我的小说，我已是够高兴的了，我到现在还感到奇怪，你竟邀请我来做客，现在还要过夜——这一切本来都应该已经够了。的确是够了。还有你的敬酒”——我感到我的感情又冲动起来了，像以前在父母注视之下接受我的大学文凭的时候一样，使我自己也感到惊异——“我希望我能无愧于你的期望。我不是轻率地说这话的。但是关于这些小说本身，我想要知道的是，你觉得它们有什么毛病，你觉得我可以做些什么——能写得更好一些？”

他的笑容是多么慈祥！甚至是在揉腰的时候。“毛病？”

“是的。”

“你瞧，我今天早上告诉霍普：祖克曼的声音是我这些年来所听到的最有吸引力的声音，以一个初出道的人而言，肯定可以这样说。”

“我有那样的声音么？”

“我不是指文风——”他举起一只手指以示区别，“我是指声音：那是发自膝盖后部一直达到头顶上面的东西。别太担心‘毛病’。继续写下去。你会到那里的。”

那里。我想具体设想一下，可是想不出。到这里，已经费了我的大劲了。

我今天早上告诉霍普。

这时他扣上了上衣的扣子，整了整领带，看了一眼手表，那一眼是每星期天使他的妻子感到扫兴的一眼——然后着手日程上的最后一项。开电唱机。原来我的问话打断了他的思路。

“我要给你看，如果唱臂在唱片放完了以后不回到原地去该怎么办。”

“对，”我说，“的确需要。”

“这机器最近有点不听使唤，没有人能把它拾掇好。过一阵子它自己好了，过一阵子不知怎地又坏了。”

我跟着他到电唱机前，想的不是他收藏的古典唱片，而是我膝盖后部发出来的声音。

“这是音量，当然。这是开，这是关，你一推——”

我这时明白了，就是这种极其审慎的作风，这种令人恼火的、一丝不苟的对每一个细节的注意，使你成就伟大，使你继续前进，使你渡过难关，而如今却在拖你的后腿，在洛诺夫的电唱机的不听话的唱臂面前同他一起站着，我第一次懂得了这个著名人物：他这个人，他的命运，他的作品——都是一体的东西。多么了不起的一个胜利！

“还有，”他提醒我，“要是你记住先揩拭一遍，不论对唱片，还是对你自己的享受，都是最好的。”

唉，这样啰啰唆唆，这样婆婆妈妈！真是商场经理的化身。要从有这样的不幸的身上产生他那样的小说的幸事来——“胜利”一词是不足以形容的。

突然我想亲吻他。我知道男人之间这种事情比大家说出来的多的是，但是我刚成人不久（实际上只有五分钟），而这种感情是我开始刮胡子以后很少对我自己父亲有过的一种感情，因此它的强烈使我感到糊涂了。这种感情一时似乎比我与贝齐的脖子长长的、身材轻巧的朋友单独在一起时无一例外地产生的感情还要强烈。她们走起路来双足朝外，十分动人，看上去（像贝齐一样）脸色那么白皙，体态那么轻盈，可以一把抱起，非常吊人胃口。但是在这所克制的房子里，我克制我自己的情欲冲动的功夫，比起我最近在曼哈顿那样放纵时，要好多了。

第二章

内森·代达罗斯

在这以后，谁能入睡呢？我甚至连灯也不关。我长时间地凝视着E. I. 洛诺夫的整洁的书桌：叠得整整齐齐的一沓沓打字纸，每沓颜色很淡，但都不同，大概是每次改稿都用不同的颜色。最后我起了床，虽然这样做肯定是亵渎圣地的，我还是穿着裤衩，坐在他的打字椅上。怪不得他背痛。这不是一把给你休息的椅子，如果你有他那么肥胖的身材。我轻轻地用手指抚摸他的携带式打字机的字键。一个哪里也不去的人为什么用一台携带式的打字机？为什么不置一台炮弹大小的、黑色的大机器，什么时候都可以写作？为什么不置一把经理用的垫得厚厚的舒服的椅子，可以往后一靠，慢慢思索？真的为什么不那样？

他桌子旁边的墙上有一块小布告板——这是这间小屋子的唯一的真正装饰——上面钉着一个当地银行送的小小的挂历，还有两张加了评注的卡片。一张记着一个断句，出处是“舒曼，论肖邦的降B小调谐谑曲第二号，作品编号31”。上面写的是“……这样洋溢着柔情、勇气、爱和蔑视，可以与拜伦的一首诗相比，这样不是不合适”。我不知道怎样去理解这句话，或者洛诺夫怎样理解这句话，但是后来我想起了艾米·贝莱特能够极其动人地弹奏肖邦的作品。也许这是她为他打出来的，仔细地标出了出处等等——也许是附在一张唱片的礼物匣子里，使他在每天傍晚的时候能够听肖邦的曲子，即使她已不在身边。也许我第一次看到她坐在书房地板上时在沉思的就是这句话：她在沉思，因为这句话说的情况不论对她本人来说，还是对音乐来说，同样都恰当不过……

如果是流落在外的，那么她的家人呢？被杀害了？这是不是可以解释她的“蔑视”？但洋溢的爱又是对谁而言的？他？如果这样，蔑视可能是对霍普的。要么是这样，要么是那样。

不需什么天生的机灵就可猜想另一张卡片上所打的引语的吸引

力。在听了洛诺夫一晚上对我说的话以后，我可以理解他为什么要在头上挂着这三句话，而他就坐在这三句话的下面把自己的句子颠来倒去。“我们在黑暗中工作——我们能做什么就做什么——我们有什么就给什么。我们的怀疑是我们的激情，我们的激情是我们的任务，其余就是艺术的疯狂。”这些想法据说引自亨利·詹姆斯的一篇我没有读过的小说，名叫“中年”，可“艺术的疯狂”是什么意思？我能够想象任何形式的疯狂，除了艺术的。艺术应该属于理智的，不是吗？还是说我哪里搞错了？在夜晚结束前我得通读《中年》两遍，好像是准备第二天早晨应考似的。不过当时这样做，对我来说是天经地义的事：如果早餐的纸餐巾上出现了“亨利·詹姆斯云‘艺术的疯狂’作何解释”这个问题，我就准备写上它一千字。

洛诺夫子女的照片放在打字时所坐椅子背后的一个书架上：一男二女，他们不论哪一个的骨骼都一点也看不出父系基因的痕迹。一个女儿是个皮肤白皙、脸上有雀斑的少女，戴着玳瑁边眼镜，看上去很像她羞怯、用功的母亲大概在艺术学校时代的样子。在折叠式镜框的另一边是一张九年前八月间从苏格兰寄到马萨诸塞州来的明信片，只写给作家一个人。也许就是为了这个原因，它赢得了纪念品的地位，保存在玻璃下面。许多关于他的生平事件说明，他同子女的通讯并不比他在三十年代有足够的意见可以在曼哈顿发表要容易。“亲爱的爸，我们现在班夫郡（高地），我站在达夫镇巴尔维尼堡垒的废墟中，玛丽·斯图亚特曾经在此住过。昨天我们骑车到考德去（考多尔的桑恩，约一〇五〇年，莎士比亚的麦克白），邓肯就在那里被害。再见，贝基。”

在他书桌后面还有几架子他的著作的外语译本。我坐在地板上想把我原来在洛诺夫的著作的英文版中读到的句子，从法语本和德语本中找出来。至于比较冷僻的外语译本，我能做到的只是在几百页一字不识的书中找到书中人物的名字。佩奇泰尔，马库斯，里特曼，温克勒。他们都在那里，四面被芬兰语所包围。

她的语言是什么？葡萄牙语？意大利语？匈牙利语？她用什么语言来表达内心如拜伦的诗一般满溢的情感？

我从皮包里取出一本划线的大拍纸簿，这是一只鼓鼓的

Bildungsroman的皮包，其中放了几本书，一共有十磅重，五本不著名的杂志，足够的纸张可以供我写第一部长篇小说，如果我坐公共汽车来回时灵感来了的话——我开始有系统地把他的书架上我所没有读过的书开列清单。德国哲学出乎我意料得多，刚写了半张纸，我似乎已经判决自己要从事终身苦役了。但值得称道的是，我继续抄下去——有他在上楼去读书之前称赞我的话作为陪伴。这些话，还有敬酒，在我的脑海里反复回响已有一个小时了。我终于在一张干净的纸上写下了他所说的话，以便弄清楚他说的究竟是什么意思。他的全部意思。

结果却是，我要另一个人也看到，因为我马上忘记了就要在海德格尔和维特根施泰因[1]手中受到的考验，坐在洛诺夫的书桌前，在拍纸簿上吃力地向我父亲——那个当脚病医生的父亲，我的许多父亲中名列第一的父亲——解释，根据E. I. 洛诺夫那样一位声学家的说法，从我的膝盖后部发出来、已到了我的头顶上的“声音”是

1 Wittgenstein (1889—1951)，奥地利哲学家，曾在英国剑桥大学讲学二十余年。

怎么一回事。这封信早已该写了。到如今他已等了三个星期了，盼望我在做了对不起伟大的提携者的事以后有一些幡然悔悟的表示。而这三个星期中我却让他闷着干着急，如果你是这样来形容你从早上四点钟噩梦醒来后就无法再想别的事情的话。

我们之间的问题出在我把一篇根据家庭纠纷所写的小说原稿交给我的父亲以后。在这件家庭纠纷中，他扮演了和事老的角色已快有两年，最后两天还是免不了对簿公庭，大吵大闹。这篇小说是我雄心最大的一篇——一共有一万五千字——我认为，我送去给他看是出于好意，同我在大学里把学生诗刊上还没有发表的诗先寄回去给他们看一样。我并不是想找麻烦，而是想博得钦佩和赞扬。我出于最古老和最根深蒂固的习惯，希望他们感到高兴，感到骄傲。

这其实也不难。几年以来我一直寄剪报去给他“存档”，这就够使他感到骄傲的了。这些剪报已有厚厚的一叠，都是一些杂志和报纸文章——包括一篇不漏的“美国空中市民会议”的记录——谈的都是他所说的“重要问题”。我只要回家去探望他们，我的母亲就能够一遍又一遍反复地讲一件事情，总是带着她的极为自满的神情提醒我，他是多么高兴，可以向他的病人说（那是已经在他心目中的重要问题上向他们做了不少工作以后）：“我刚刚在今天早上的邮件中收到了关于这个问题的一些材料。我的儿子内森在大学里看到的。他在芝加哥大学。每门功课都是优。十六岁就去了那里——特别班。他在芝加哥一张报纸上看到的，寄来给我存档。”

唉，我是多么容易满足我的父母呀！只有傻子或者不肖之子来做他们的儿子才能使他们不感到骄傲。而我都不是。我孝顺、周到，自己能够远走高飞，已经感到十分高兴，因此对于当初得到的帮助是不会忘恩负义的。尽管在青春期发生过火气旺盛的争吵——周末深夜不归，皮鞋的流行式样，高中时代常去的不卫生的地方，他们总说我喜欢顶嘴而我总是不断否认——我们经过五十场典型的家庭争吵以后，家庭关系仍旧十分紧密，仍旧为同样的强烈感情所维系。我常常把门砰地关上，几次宣布决裂，但是我仍像个赤子似的爱他们。不论我是否完全知道这种需要有多深，我确实十分需要他们爱我，而且我认为他们的爱是取之不竭的。我无法——还是不愿？——认为有别的可能，这在很大程度上说明了，我为什么竟天真到这样的程度，以为从我们家史中取材的故事，必然也会得到照例的鼓励，殊不知我的模范父亲竟认为，这是对我家庭的名誉和信任的最可耻的和最不光彩的侵犯。

我的故事开头的事实是这样的：

我的一个姨姥姥米玛·莎亚为两个年幼丧父的外孙的教育，留下了她在纽瓦克为上等社会做女裁缝时省吃俭用所积攒下来的一笔钱。这两个双生子的守寡的母亲爱西想要动用这笔信托金，在他们大学毕业以后再上医学院深造，她的弟弟悉尼却上法院打官司不许她动用，因为米玛·莎亚的遗产在完成了这两个孩子的高等教育以后所余部分要归他继承。悉尼等理查德和罗伯特从罗格斯大学毕业已等了四年——据家里人说，大部分时间是在弹子房和酒吧间里等的——以便可以用他所继承的那部分遗产在城里买一个停车场。悉尼大声——这是他的作风——宣称，他不想为了再增加两个高级大夫在南奥兰治开着高级轿车来来去去而推迟自己过舒服的生活了。家里的人凡是憎厌悉尼玩女人和他的一些形迹可疑的朋友的，马上联合起来声援这两个孩子和他们高尚的抱负，悉尼只剩下由他的受到虐待的胆小怕事的妻子珍妮和他神秘的波兰相好安妮组成的一支杂牌军，安妮的华丽花哨的打扮令人侧目，在亲友的红白喜事上常常引起很多的议论，不过从来没有见到过一次。在这支杂牌军中还有我，尽管对他没有什么用处。我对悉尼的崇拜是由来已久的事，要追溯到他当海军的时代，那时他在堪萨斯号战舰回国途中赢了四千元钱，据说还把一个输了钱要耍脾气的密西西比人扔进了南太平洋去喂了鲨鱼，因为他在通宵牌局收场的时候竟骂赢钱的是个肮脏的犹太人。这场官司的结果取决于米玛·莎亚在遗嘱中所说的堂而皇之的话“高等教育”的高等涵义高到什么程度，最后法官——一个外教人——判决悉尼胜诉，不过没有几年，他用所得遗产买的雷蒙德大街上的停车场成了一块热门地皮，结果被黑帮中人从他手中收为公有弄走了。他们只把实际价值的十分之一给悉尼作为酬劳。不久之后，在另外一个不属我们的教派的浓妆艳抹的女人床上，他的心脏像气球一样破裂了。而我的表兄弟理查德和罗伯特，却在他们的意志坚强的母亲张罗下读完了医学院。爱西打官司败诉后，就辞去了城里一家百货公司的工作，以后十年中就跑外码头推销瓦片和墙板。她的意志这么坚强，到她最后为她两个儿子在北泽西的郊区租了门诊所，买了地毯和窗帘的时候，这里几乎没有一个工人阶级住宅区不是由她用柏油抹顶的。在双生子当实习生时期，有一个炎热的下午，爱西在外兜揽生意的时候，决定在帕塞伊克一家有冷气设备的电影院休息一小时。在她日日夜夜在外奔波找买卖谈交易的长年累月的日子里，据说这是她第一次停下来做一件除了吃饭或打电话给儿子以外的事。但是现在他们成为矫形和皮肤病住院大夫只不过是转眼就要实现的事了，想到他们的前途，再加上八月的炎热，她感到有些头晕了。但是，在黑黝黝的电影院里，爱西还没有坐停揩一揩额上的汗珠，就有一个家伙从隔壁的座位上伸出一只手来搁在她的膝盖上。他一定是个十分寂寞的家伙——因为这是一个非常肥胖的膝盖；但是，她还是打伤了他的手，在手腕的部位，用的是她长年以来放在她的皮包里保护自己和两个无父孤儿的前途的铁锤。我的小说题为“高等教育”，结局就是爱西拿起了锤子。

“你可一点也不漏，是不是？”

我的父亲在我去向他告辞上夸赛过冬的那个星期天，就是这样开始他的批评的。那一天我同一个最喜欢的姑姑和姑父以及另外一对没有子女的邻居夫妇——我从摇篮时代起也叫他们“姑姑”和“姑父”——一起吃了我们家传统的星期日早午饭。在我这一辈子的大部分时间中，一年五十二个星期天，我的父亲总是到马路拐角去买熏青鱼和还温热的小面包，我的弟弟和我铺饭桌，挤橘汁，我的母亲在自己的家里要失业三小时。“像个王后。”她这么描写她插不上手的困境。然后，在我父母读了纽瓦克的星期天报纸和听了无线电上的“永恒之光”——每周半小时的戏剧节目，内容都取材于犹太人历史上的大事后，他们好不容易把我们两个孩子都拉在一起，四个人乘车出去走亲戚。我的父亲长期以来就在同一个主意很多的哥哥争夺一族之长的空缺，一般在半路上总要下来，对一个在他看来似乎有此需要的人，讲一番做人的道理，然后我们就乘车回家了。总是在黄昏的时候，一家人还没有在厨房桌子边坐下来做星期天晚上必须做的例行公事——一起吃买来的现成熟食做的晚餐，用苏打水灌下肚去，一起等待杰克·本尼、罗切斯特和菲尔·哈里斯[1]从天而降的探望——“爷儿们”，我的母亲这么叫我们，就一起到附近公园去做轻快的散步。“嗨，大夫——你好吗？”我们一路上遇到的邻居总是向我的受人欢迎、喜欢饶舌的父亲打招呼，虽然他自己似乎从来不在乎，但是他的有阶级意识的小儿子有一阵子常常想，要是没有名额分配的限制，他成了一个真正的医生，他们就会叫他“祖克曼医生”了。“大夫”是他们叫那种做牛奶冰淇淋和卖咳嗽糖的药剂师的。

“内森，”我父亲开始说，“你真的一点也不漏，你说是不是？”

我这时已有点不耐烦做孝顺的儿子了，急于想要去纽约收拾行装到夸赛去。我的探访原本只想留下吃早午饭，如今已拖了一整天，而且使我奇怪的是，不断有许多亲戚和家里的老朋友来来往往，他们表面上似乎只是为了来看看我才来串门的。聊天，忆旧，讲方言笑话，吃太多的水果，我一直等到他们开始告辞，然后在父亲的要求下又留下来听他讲对我小说的意见。他郑重其事地告诉

1　皆为电视演员。

我，要同我单独谈话一小时。

那天下午四点钟的时候，我们俩穿上大衣戴了围巾，到公园里去。每隔半小时就有一辆去纽约的公共汽车停在伊丽莎白大街的公园门口，我打算在他说完了他要说的话以后就搭车离开。

“我没写进去的事情还很多，”我假装不明白他的意思——就像我把小说寄给他那时一样天真，虽然他在家里一谈起要把他的“想法”（不是他的赞许）告诉我时，我马上意识到我太粗心大意了。我为什么不等着看一看能不能把它发表，然后等到发表了以后再给他看？还是那样做的结果会更糟糕？“有些东西只好割爱，因为只有五十页。”

“我的意思是说，”他悲哀地说，“那些恶心的事情你一点也没有漏下。”

“是吗？我没有吗？我不是朝这些方面考虑问题的。”

“你把大家都写得很贪心，内森。”

“但大家的确都很贪心。”

“当然这只是一种看法而已。”

“这也是你自己的看法。你对他们不肯和解感到这么心烦，就是为了这个原因。”

“问题是，我们家里的人除此以外还有多得多的优点。而且你也知道。我希望今天会使你记住，我们是怎样的一种人。以防你在纽约忘记了。”

“爹，看到大家我很高兴，但是你不必为了要让我看到我们家里人的优点而特地为我开复习课。”

但是他继续说：“大家都喜欢你。今天来的人哪一个一进屋见到你不眉开眼笑的？你一直是个最和善不过、最惹人喜爱不过的孩子。我看着你同家人在一起，同我们的老朋友在一起，我心里就想，那么这篇小说说的是什么呢？他为什么要这样翻老账呢？”

“这件事发生的时候并不算老账。”

“那么这就是胡闹。”

“你当初似乎并不这么看。你在爱西和悉尼之间奔走了一年多。”

“儿子，事实不止这些，我们家除了小说里所说的以外还有许多优点，多得多的优点。你的姨姥姥是你能在这个世界上碰到的最和善、可亲、勤劳的妇女。你的姥姥和她的所有姊妹都是那样，每一个都是那样。她们一心只想着别人。”

“但小说并不是写她们。”

“但她们是小说的一部分。对我来说，她们是小说的全部内容。没有她们，就根本没有小说可言！悉尼算老几？凡是有头脑的人，谁还会想到他？于你而言，在你小的时候，他可能是个很好玩的人，有时来串门，可以逗你玩玩。为什么会是这样，我是能够理解的：一个六英尺高的人猿，穿一条喇叭裤，腕上戴着身份镯环，说起话来滔滔不绝，仿佛他是尼米兹海军上将[1]，而不只是个擦甲板的无名水手。他干的当然一直是那个。我还记得他到家里来，趴在地上教你和你的小弟弟玩掷骰子。大家都当笑话讲。我真想揪着他的耳朵把那个笨伯撵出去。”

“我都记不得有这件事了。”

1 Admiral Nimitz (1855—1966)，第二次世界大战时美国海军上将。

“但是我记得。我记得很多，我全都记得。悉尼一直叫米玛·莎亚伤心。小孩子不知道，那个在地板上打滚，让他们大笑的牛皮大王也可能是让别人掉眼泪的人。他让你姨姥姥掉了不少眼泪，他一长大到可以上街，就给她找让她伤心的事。但是尽管那样，那位老太太仍旧，仍旧把她辛苦挣来的钱留一份给他，但愿这管一些用。她终于超脱了他给她带来的一切痛苦和耻辱——就像活着那样了不起，‘莎亚’的意思是生命，那就是她自己给别人的东西。但这，你却漏下了。”

“我没有漏下，我在第一页就这么形容她的。不过你说得不错——我没有详细写米玛·莎亚的一生。”

“要是那样才是篇好小说。”

“但那就不是这篇小说了。”

“你是不是充分认识到，像这样的一篇小说要是发表了，给不了解我们的人读到以后会得出什么结论？”

我们这时已走下了我们家那条街的长长的下坡路，到了伊丽莎白大街。凡是我们所经过的草地、车道、车房、电线杆、小砖阶，没有一个对我没有深深的吸引力。这里是我练习挥刀的地界，这里是我玩橇车碰掉牙齿的地方，这里是我第一次尝到惩罚的滋味的地方，这里是我因为戏弄一个小朋友被我母亲打巴掌的地方，这里是我听到爷爷死了的地方。我可以没完没了地记起在这条街上我所遇到的事情来。这条街上都是跟我们家差不多的那样独家住的砖墙房子，房主人都是些跟我们家差不多的那样的犹太人。考虑到他们当初起家的那个市区，在一条长满遮阴树的街上，有六间正房、一个“设备齐全的”地下室、一个安了纱窗的门廊，都是来之不易的东西。

在大街的对面是公园的入口。我的父亲常常坐在那里——每个星期天都坐在同一条长凳上——看着我的弟弟和我玩拉绳，在爷爷奶奶、公公婆婆、姑奶姨姥、姑姑姨姨、叔叔舅舅——有时我觉得在纽瓦克祖克曼家的人比黑人还多，我在一年看到的黑人也不如我在一个平常的星期天同我父亲开车周游全市访亲问友时看到的堂表兄弟多——面前循规蹈矩地过了几小时以后，尽情地大喊大叫。“唉，”他常常说，“你们男孩子们多么爱大叫大嚷。”他一手摸着一个儿子的脑袋，在我们开始走出公园回到我们所住的那个熟悉的小山坡上去的时候，抚理一下我们的汗湿的头发。“只要是大叫大嚷的游戏，”他对我们的母亲说，“这两个孩子都玩疯了。”现在我的弟弟已乖乖在学习单调乏味的牙医预科课程，听从了我父亲的劝告，放弃了并不十分坚决地要当演员的梦想，而我呢？我显然又在大叫大嚷了。

我说：“我想现在就去赶汽车。我们就不去公园了。这一天够累的，我得回去收拾一下，准备明天去夸赛。”

“你还没有回答我的问题。”

“这不会有什么用处的，爹爹。现在最好是把小说放在邮筒里寄还给我——把它忘掉算了。”

我的建议引起了我父亲轻轻的一声讥笑。

“好吧，”我不快地说，“那就别忘掉它。”

“别激动，”他答道，“我送你到车站。我陪你等。”

“你真的该回去了。天开始凉了。”

“我穿得很暖。”他告诉我。

我们沉默地等在车站。

“他们星期天开车不慌不忙，”他最后说，“你还是回家吃晚饭吧。你可以赶明天早晨头班车。”

“我得赶明天去夸赛的头班车。”

“他们不能等？”

“我不能等。”我说。

我走到街心去看有没有汽车来。

“你在那里要给车压死的。”

“也许。”

“那么，”终于我在街心中等够了，慢吞吞地回到人行道上来，他说，“你现在打算把你的小说怎么办呢？寄给一家杂志？”

“给杂志太长，也许没有一家杂志会刊登。”

“他们会刊登的。《星期六评论》把你放在重要的地位。那是一篇很捧场的文章，以你的年龄，这样给选出来，是极大的荣誉。”

“这个嘛，以后再看吧。”

“不，不。你现在正是得意的时候。《星期六评论》在新泽西从来没有像登着你照片的那一期销得那么多。你认为为什么大家今天都来了，弗里达和戴夫、泰西姑姑、伯第、墨里，还有埃德尔曼斯夫妇？因为他们看到了你的照片，他们感到骄傲。”

“他们都对我说了。”

“我说，内森，请让我把话说完，你就可以走了。在那艺术家的休养地，也许你会心平气和地想一想我要你明白的道理。要是你不想有什么作为，我对这件事就不会这么认真了。但是我对你是很认真的——而且你也要认真对待自己，认真对待你在做的事情。别管那该死的汽车有没有来了，请你听一听我的话。你搭下班车也不迟！内森，你已不再是在上学了。你是哥哥，你已进入了社会了，因此我也是这样对待你的。”

“这个我明白。但这并不是说我们不能有不同的意见。这恰恰是说我们能够有不同的意见。”

“但是根据我一生的经验，我恰恰知道要是平常人读到那么一篇小说会怎么想。而你却不知道。你不能够知道。因为你在你的这一辈子中都一直受到保护。你是在这里长大的，同犹太孩子一起上学。甚至在夏天，我们到海边去的时候，我们同埃德尔曼斯家住在一起，你总是在犹太人中间。在芝加哥，你带回家来的最好的朋友总是犹太孩子。你不知道外教人读到这样的东西会怎样想，这个不是你的错。但是我可以告诉你，他们不会想这是一部多么伟大的艺术作品。他们不懂艺术。也许我自己也不懂艺术。也许我们家里一个人也不懂，不像你那样地懂。但这正是我要说的。大家读的不是艺术——他们读的是人。而且他们是把人当作人来看待的。你以为他们会怎样看待你小说里的人，你以为他们会得出什么结论？你想过这一点吗？”

“想过了。”

“你的结论呢？”

“唉，我不能用一句话来概括，在这街上不能。我不是为了现在用一句话来概括，才写了一万五千字。”

“但是我能够。而且要这样做，街上也不是个坏地方。因为我知道这句话。我不知道你是否充分了解在这个世界上大家对犹太民族多么缺乏同情。我也不是指纳粹统治下的德国。我是指一般的美国人。好先生，好太太，你和我都认为不坏的人。内森，事情就是这样。我保证是这样。我知道是这样。我看见过，我感到过，甚至在他们并不这么明确表示的时候。”

“但我并没有否认呀。为什么悉尼把那个红脖子[1]扔到船外去？”

“悉尼，”他生气地说，“从来没有把什么红脖子扔到船外去过！悉尼扔的是公牛[2]，内森！悉尼是个小流氓，对世界上的任何人、任何事情都不关心，他只关心悉尼自己！”

“但是他确实存在，爹爹——并不比我描写的更好！”

“更好？他要坏得多！他这人有多坏，你根本不知道。我可以把这个王八蛋的事统统告诉你，叫你气得毛发倒竖！”

“那么我们有什么好争论的呢？要是他坏得多——你瞧，我们白吵了一场。请你回家去吧，天已黑了，快要下雪了——回家去吧。我一到那里就会写信的。现在这个问题已经没有什么话可说的了。

1 原为黑人对白人的蔑称。

2 英语“扔公牛”意为吹牛。

我们就是意见不一致，别的没有什么好说的了。”

“好吧！”他干脆地说，“好吧！”但是我知道这只是为了暂时消一下我的气。

“爹爹，请你回家去吧。”

“我陪你等车碍你什么事？我不喜欢你一个人在这里等车。”

“我一个人在这里能够对付得蛮好。已有好多年了。”

大约五分钟以后，在几个街口远的地方，我们看到了像是去纽约的公共汽车的灯光那样的灯光。

“好吧，”我说，“我过几个月就回来。我会联系的——我会打电话——”

“内森，你的小说，在外教人看来，说的就是一件事情，而且只是这件事情。在你走以前，请听我说。它说的就是犹太佬。犹太佬和他们的贪财。我可以向你保证，我们信基督教的好朋友看到的就是这个。它说的不是他们成了科学家、教授、律师，不是这种人为别人做的好事。它说的不是像莎亚那样辛勤工作、省吃俭用、牺牲自己，以便在美国谋得一个体面的立足之地的移民。它说的不是你在我们家中长大时所度过的美好平安的日子和夜晚。它说的不是你一向爱结交的可爱的朋友。不是，它说的是爱西和她的锤子，悉尼和他的歌舞女郎，爱西的那个恶讼棍和他的满嘴粗话，还有，就我所能看到的，它说的是我是多么傻的一个傻瓜，一个劲儿地求他们私下和解，免得一家人都得上公堂去听那个外教法官的审判。”

“我没有把你写成是个傻瓜。天知道，一点也不是。老实对你说，”我生气地说，“我还以为我是过分热情了。”

“哦，是吗？但结果却不是那样。你瞧，儿子，要想对这种人讲道理，也许我是一个傻瓜。我不在乎开我一点玩笑——没有比这更叫我不在乎的了。我这一辈子见过世面多了。但我不能接受的，是你所没有见到的东西——你所不愿见到的东西。这篇小说不是讲我们，更糟糕的是它甚至不是讲你。你是个可爱的孩子。我像只老鹰一般整天都在观察你。从你生下来起我就在观察你，你是个心地善良、考虑周到的好青年。你不是写了这种小说又硬说事实就是如此的那号子人。”

“但这篇小说是我写的。”换了绿灯，去纽约的汽车开过十字路口向我们驶来——他举起了胳膊，按在我的肩上。这使我更倔强了。“我是写这种小说的那号子人！”

“你不是。”他央求说，轻轻地摇了我一下。

但我跳上了汽车。门框上镶着硬邦邦的橡皮的汽车门砰地自动关上了，这声音在我听来有些过于合适，是你在小说中不会采用的那种象征手法。这声音突然使我回想起在花园举行的拳击比赛。我弟弟和我一年一次在那里用我们的零钱互相赌博，轮流压在白人选手或黑人选手身上，而祖克曼大夫则向观众中间少数几个熟人招手问好，有一次，其中有个迈耶·埃伦斯坦的牙医，他是本市第一个犹太人市长。我听到的是在使劲猛击一拳之后发出的令人心惊肉跳的砰的一声，是被击昏的重量级选手倒在帆布拳击台上的声音。我从车窗中往外向我父亲挥手告别时所看到的，却是我的穿戴整齐漂亮、身材矮小的父亲——他为了我这次来探望他们，特地穿了一件新的开汽车穿的宽松短大衣，颜色同咖啡色的裤子和方格鸭舌帽相配，当然还戴着银边眼镜，还留着我躺在摇篮的时候曾经想揪的细细的小胡子，我看到的是我的神情茫然的父亲，独自站在曾经是我们天堂的公园旁的黑下来的街角上，想着他自己和全体犹太人都因为我的不可解释的背叛而无缘无故地遭到了玷污和危害。

这还没有完。他实在不放心，因此在几天之后，不顾我母亲的反对，在同我的弟弟通了一次不愉快的电话以后，决定求见也许是仅次于本市最受敬重的犹太人埃伦斯坦市长和乔基姆·普林兹拉比的利奥波德·瓦普特法官，尽管我的弟弟从伊萨卡警告他，要是这事被我发觉，我是不会高兴的。

我家在一九〇〇年从东欧来到本市的血汗工厂区附近的贫民窟，在这之前十年左右，瓦普特就已生在那个贫民窟里一个从加利西亚来的犹太人家庭。我的父亲仍记得有一次有一帮爱尔兰小流氓寻他这个七岁犹太小孩子开心，把他扔到空中又接住，还是瓦普特家的一个兄弟把他救了出来，这很可能就是这位未来法学家本人。我在童年时代曾经不止一次地听到过这个故事，那往往是我们开车经过克林顿大道风景如画的花园和那幢有塔楼的石头房子的时候，瓦普特就同一个独身的女儿和他的妻子住在那里，他女儿是瓦萨学院第一批受到信基督教的教师敬重的犹太学生之一，他妻子则是一家百货公司的女继承人，她的慈善活动使她娘家的姓氏在埃塞克斯县的犹太人中间同原来在家乡查尔斯顿一样有名。由于瓦普特夫妇在声望和权威方面所占据的地位不亚于罗斯福总统和夫人在我们家所占的地位，我在幼年时常常想象她穿戴着罗斯福夫人那样老太太式的帽子和衣服到处奔走，而且用一口第一夫人的令人敬畏的英国腔说话，这在一个犹太妇女身上是有些不伦不类的。我没有想到，她从南卡罗来纳州来，居然也可能是地道的犹太人。她读了我的小说以后对我的印象也正是如此。

要去求见法官，我父亲得先找我们家一位阔亲戚，他是一位律师，住在城外，曾任陆军上校，为法官在纽瓦克的会堂担任过几年会长。特迪舅舅以前已经帮助过他一次去见法官，那是很久以前，我父亲突发奇想，认为我应该是瓦普特每年写信向大学招生办公室推荐的五个青年之一，据说，他的推荐信是百试百灵的。为了去见瓦普特法官，我得在大白天穿一套蓝色衣服坐公共汽车去，在四角广场（我们本市的时报广场）下车后一路挤过市场街上的摩肩接踵的顾客，我总觉得他们在这个时刻看到我穿着我仅有的一套整齐衣服在街上走一定感到十分奇怪。我要在埃塞克斯县法院他的“议事厅”经他面试，这个称呼我母亲在前一个星期曾经频繁地、肃然起敬地在电话中传给亲戚听，也许这就是我在穿好那套蓝色衣服，扣上纽扣之前，七次到洗澡间去小便的原因。

特迪在前一夜打电话来，给我指点一下我的行为举止。因此我才穿了那套衣服和父亲的黑丝袜——得用他的一副袜带提起来——带上有我名字缩写的公文皮包，那是我放在壁柜里面从来不拿出来用的小学毕业礼物。在这只光洁的皮包里，我放了我在上一年为国际关系课写的关于贝尔福宣言[1]的十张打印稿。

我按照指示，马上“开腔”，拿出论文来给法官看。使我放心的是，他的“议事厅”结果只是一间屋子，不是十间，而且这间屋子并不比我们中学校长办公室堂皇。这位皮肤晒得黑黑的、乐呵呵的胖法官也没有像我预料的那样满头白发。他虽然没有我父亲那么矮小，仍足足比进了法院就见到的亚伯拉罕·林肯铜像矮一个头。

1 1917年11月英国政府发表的赞同在巴勒斯坦为犹太人建立“民族国家”的宣言。

他看上去比我自己老是发愁的父亲要年轻，更没有他那么严肃。他以高尔夫球好手见称，大概正要去打球，或者就是刚打完球回来；我后来只好这样来解释他的斜方块花袜子。但是在他往皮椅背上一靠，翻看我的论文时，我初眼见到那双花袜子不免吃了一惊。好像他倒是那个乳臭未干、没有见过世面的申请人，而把我父亲的袜带像止血一样拉得紧紧的我才是法官似的。“可不可以暂时把这篇论文留在我这里，内森？”他问道，面带笑容地翻阅着我的注满了“见所引著作”和“出处同上”的文稿。“我想带回去给我太太看一看。”接着就开始了问话。我根据特迪的建议，前一晚早已有所准备，通读了《美国宪法》、《独立宣言》、纽瓦克《新闻晚报》的社论版。杜鲁门内阁的名单和国会两院两党领袖我当然早已熟记，虽然在上床之前我还向母亲高声背诵了一遍，这完全是为了使她放心。

对法官的一些问题，我作了如下答复：

新闻记者。芝加哥大学。厄尼 · 派尔[1]。一个弟弟。读书——

1 Ernie Pyle（1900—1945），美国著名战地记者，曾获得 1944 年普利策奖。1945 年在太平洋前线阵亡。

和运动。全国联赛的巨人队和全美联赛的老虎队。梅尔·奥特和汉克·格林伯格[1]。莱尔·阿布纳[2]。托马斯·沃尔夫[3]。加拿大；华盛顿特区；纽约州的拉伊；纽约市；费城；泽西海岸。不，先生，从来没有去过佛罗里达。

后来瓦普特法官的秘书公布法官要推荐的纽瓦克市五个犹太男女青年的大学申请的名单，我名列其中。

我后来没有再见过法官，虽然为了使我父亲高兴，我在芝加哥大学第一年的定向周里写了一封信给我的推荐人，再次感谢他为我出了力。约莫七年以后，我在夸赛做客第二周时接到法官的信，才知道他们见面讨论“高等教育”的事。

亲爱的内森：

你谅必知道，我与尊府的交情可以推溯到本世纪初，当时我们

1 皆为著名犹太血统的棒球队员。

2 美国流行连环画的大力士主人公。

3 Thomas Wolfe (1900—1938)，美国小说家，代表作《天使望故乡》。

住在普林斯街上，都是初到异国的穷人，为了我们的基本生活需要、我们的社会和公民权利、我们的精神尊严而奋斗。我还记得你是我们纽瓦克市公立学校系统中杰出的犹太毕业生之一。我很高兴从你父亲那里得知，你的大学成绩保持了你在这里求学期间所始终保持的同样高的水平，你在短篇小说写作方面已经开始有了声誉。一个做法官的最高兴的事，莫过于有的时候能够知道自己的判断没有错，因此我很高兴知道，我在你中学高年级时对你所寄托的信任，已经在社会上得到了证实。我想你的家庭和你的同族人一定可以期望你在不太远的将来取得更大的成就。

令尊知道我对我们杰出的年轻人的成长感到关心，最近问我能否在法务之余抽出时间来作书与你，直率一谈我对你的一篇短篇小说的看法。蒙他告知，你即将此题为“高等教育”的短篇小说寄予一著名的全国性刊物，他希望能知道我是否认为这篇小说的内容适合这样一种刊物。

我们二人在我的议事厅中进行了一次长时间的颇有趣的谈话，我告诉他，有史以来，不论在任何国家，艺术家无不总是认为自己超脱于他所生活的社会的规范之上。历史证明，伟大的艺术家经常遭到胆小怕事和缺乏教育之辈的残酷迫害，后者不了解艺术家是一个特殊的人，对人类有独特之贡献，苏格拉底曾被认为是人民之敌，青年之蛊。诺贝尔奖获得者挪威剧作家亨利·易卜生曾被迫流亡，因为他的同人未能体会他的伟大戏剧中的深刻的真理。我向令尊阐明，我作为个人决不赞同希腊人对苏格拉底的偏见或挪威人对易卜生的歧视。但在另一方面，我的确认为，像所有的人一样，艺术家对自己的同胞，对自己所生活的社会，对真理和正义的事业，负有一定责任。对于你的最近创作是否适宜发表于一家全国性的刊物，我愿以这个责任为准绳，并且以这个责任为唯一准绳，向他一谈我的看法。

随信附上一份对于你的小说提出的问题表，这是我的太太和我本人一起拟定的。由于瓦普特太太对文学和艺术都有兴趣——也因为我认为不宜单纯根据我个人的阅读印象——我才擅自征求了她的意见。这些问题都是严肃和困难的问题，瓦普特太太和我希望你能拨出一个小时的宝贵时间予以作答。我们并不希望你的回答一定要我们满意——我们希望你的回答能让你自己满意。你是个有无限前途，而且我们都认为有极大才能的青年。但是随着极大才能而来的是极大的责任，还有对早期支持你的人应尽的义务，他们当初支持你，就是希望你的才能会开花结果。我很想有这么一天，你接到请柬到斯德哥尔摩去接受诺贝尔奖，那么我们对唤醒你的良知，正视你的职业应负的责任，就做出了微薄的贡献。

利奥波特·瓦普特敬上

又：如果你还未曾看过百老汇演出的《安妮·弗兰克的日记》，我竭力向你推荐去一看此剧。瓦普特太太和我在开演首夕就去观看。我们希望内森·祖克曼当时能与我们同席，从那次令人难忘的演出中蒙受教益。

瓦普特夫妇向我提出的问题单如下：

请内森·祖克曼答复的十个问题

1. 如果你生活在三十年代的纳粹德国，你会写这样一篇小说吗？

2. 你认为莎士比亚笔下的夏洛克和狄更斯笔下的法勒对反犹主义没有起作用吗？

3. 你信奉犹太教吗？如是，为何信奉？如否，你凭什么资格为全国性刊物写犹太人生活？

4. 你能说你的小说中的角色可以作为当代典型犹太人社会的各种各样人物的公平的代表吗？

5. 在一篇以犹太人社会为背景的小说中，有什么理由非要描写一个已婚的犹太男子与一个未婚的基督教妇女之间的肌肤之亲？为什么在一篇以犹太人社会为背景的小说中必须有 (a) 通奸；(b) 一家人之间为金钱而争斗不休；(c) 一般的不正常的人类行为？

6. 你根据什么审美标准认为廉价比高贵实在，卑鄙比高尚真实？

7. 你的性格中有什么成分使你把生活中这么多的丑恶东西与犹太人联系起来？

8. 你能否解释为什么在你的小说中虽有拉比的出场，却无处能找到斯蒂芬·S·怀斯[1]、阿巴·希勒尔·西尔弗[2]、兹维·马斯利安斯基[3]曾经感动过他们观众的伟大辩才?

9. 除了你的经济增益以外，你认为在一家全国性刊物上发表这篇小说对 (a) 你的家庭；(b) 你的同族人；(c) 犹太宗教；(d) 犹太人的福利有什么好处?

10. 你能否诚实地说，在你的短篇小说中不会有使尤利乌斯·施特莱彻或约瑟夫·戈培尔[4]感到痛快的东西?

接到瓦普特法官和他太太的信以后三星期，就在我动身去见洛诺夫前几天，我在中午时分被夸赛休养地的秘书打断了工作。她披上大衣到我的小木屋里来找我，一边为打扰我而道歉，一边说有长

1 Stephen S. Wise (1874—1949)，匈牙利裔的美国宗教领袖，激进的犹太复国主义者，世界犹太人议会的创始人。

2 Abba Hillel Silver (1893—1963)，美国的犹太法学博士，生于立陶宛。美国锡安主义运动激进派领导人。

3 Zvi Masliansky (1856—1943)，最著名的意第诸语演说家，在他那个时代颇具影响力。出生于白俄罗斯。

4 两个都是希特勒的狂热反犹太的助手。施特莱彻曾任希特勒组织领袖，戈培尔曾任希特勒的宣传部部长。

途电话来找我，对方说有急事。

我母亲听到我声音就哭了起来。“我知道不该打扰你，”她说，“但是我不能再憋下去了。我一夜也不能再憋了。我一顿饭也不能再憋了。”

“怎么啦？出了什么事情？”

“内森，你有没有接到瓦普特法官的一封信？”

“是啊，我收到了。”

“但是，”——她惊愕得说不出话来——“那么你为什么不写回信？”

“他不应该拿那篇小说给瓦普特看，母亲。”

“唉，亲爱的，也许他做得不对。但是他已经做了。他这么做是因为他知道你尊重法官——”

“我根本不认识法官。”

“这话不对。他在你要上大学的时候帮了你这么大忙。他为你做了有力的推荐。听说在他的档案里仍旧留着你在中学时写的关于贝尔福宣言的论文。他的秘书把档案找出来，里面就有你的论文。

爹爹看到的，就在他的议事厅里。为什么你连起码的礼貌也不懂，信也不回……爹爹很难过。他不能相信。”

“他得相信。”

“他只希望你不要给自己带来危害。这个你也知道。”

“我以为你们担心的是我要为犹太人带来的危害。”

“亲爱的，为了我的缘故，请你回答我，你为什么不肯写回信给瓦普特法官？你为什么不给他一小时的时间？你在那里花一个小时写信的时间肯定是有的。因为你刚二十三岁，怠慢不得这样一个人。你不能在二十三岁上就得罪大家敬重的人，连教外的人也敬重他。”

“这是我父亲说的吗？”

“他就是这么说的，内森。到如今已有三个星期了。”

“他怎么知道我连信也没有回呢？”

“从特迪那里。他没有听到你的音讯，所以打电话给特迪。你可以想象。特迪有点儿恼火。他也从来没有受到过这样的对待。在你要到芝加哥去的时候，他到底也为我们出了力。”

“妈，我不愿这样说，但是看来很可能，法官的那封有名的信是在到处拍了马屁以后才搞到手的，它对芝加哥大学的影响大概同洛基·格拉齐亚诺[1]的推荐信一样大。”

“唉，内森，你的谦恭、你的虚心到哪里去了？你一向保持的礼貌到哪里去了？”

“我父亲的头脑到哪里去了？”

“他只想救你！”

“救我什么？”

“免得你犯错误。”

“太晚了，母亲。你读过给内森·祖克曼的十个问题吗？”

“亲爱的，我读过了，他寄了一份副本给我们——还有信的副本。”

“三巨头，妈妈！施特莱彻、戈培尔和你的儿子！那么法官的谦恭到哪里去了？他的虚心到哪里去了？”

1 Rocky Graziano（1919—1990），美国拳王。

“他只是说犹太人以前遇到的——”

“在欧洲——不是在纽瓦克！我们不是贝尔森[1]的难民！我们不是那次罪行的受害者！”

“但我们可能是——处在他们的地位我们就会是。内森，暴力对犹太人来说不是新鲜的事儿，你知道这个！”

“妈，你如果要看到纽瓦克犹太人所受到的人体上的暴力，你到整容医生的诊所去，那里有许多姑娘在整鼻子[2]。那是埃塞克斯县犹太人鲜血横流的地方，那是打击落下来的地方——用的是一个小锤子！打掉她们的鼻骨——打掉她们的骄傲！”

“请你别对我大叫大嚷。这些事情我都对付不了——我这才打这个电话。瓦普特法官没有说你是戈培尔。上帝不许。他只是读了你的小说仍有点儿吃惊。我们都吃了一惊，你完全可以理解。”

1 第二次世界大战时纳粹德国的一个集中营。

2 犹太人面部特点之一是鼻子较大，因此有些妇女往往到美容院整鼻。把鼻梁骨削去过于突出部分。

“那么也许你们都有点儿太容易吃惊了。犹太人过去吃过的惊吓要大多了，我写了一篇小说，其中有一个像悉尼那样的骗子，那算得什么。什么爱西的锤子，爱西的律师，这都算不了什么。你自己也很明白。你刚才就是这么说的。”

“唉，亲爱的，那么就把这告诉法官。就把这告诉他，像你告诉我那样，这就行了。你的父亲就会高兴。给他写几句话。你能写这样好听、这样美丽的信。奶奶快死的时候，你写了一封信给她，读起来就像一首诗一样。就像——听人说法语，这么好听。你的关于巴尔福宣言的论文写得那么漂亮，那时你才十五岁。法官把它还给了爹爹，说他仍记得当时他得到的深刻的印象。他并不反对你，内森。但是要是你倔头倔脑，对他不敬，那他就要反对你了。特迪也是这样，他可以帮我们不少忙。”

“不论我写什么给瓦普特，都不会说服他，也不会说服他的太太。”

“你可以告诉他你去看了《安妮 · 弗兰克的日记》。这，你至少可以做吧。”

“我没有去看。我读了书。人人都读了那本书。”

“可是你喜欢这本书，是不是？”

“问题不在这里。你怎么能不喜欢它？母亲，我不会讲一些陈词滥调的话去讨好大人。”

“但是如果你就说这么些，说你看了那本书，很喜欢……因为特迪告诉爹爹——内森，不知这是不是这样——在他看来你并不真的很喜欢犹太人。”

“不对，特迪搞错了。我不很喜欢的是他。”

“唉，亲爱的，别要聪明。请你别顶嘴，你就回答我，这一切弄得我十分糊涂。内森，你告诉我。”

“什么？”

“我只是重复特迪的话，亲爱的……”

“你要我告诉你什么，妈？”

“你真的反犹？”

“让你回答吧。你怎么想？”

“我？我从来没有听说过这种事情。但是特迪……”

“我知道，他虽然是个大学毕业生，住在米尔本铺着大地毯的屋子里。但是他们也很蠢。”

“内森！”

“对不起，但这是我的看法。”

“唉，我真是搞不清楚——都是那篇小说惹出来的这么许多事儿。我求求你，如果你什么都不肯听我的话去做，至少打个电话给你父亲。他到如今已等了三个星期了。他是个说干就干的人，你的父亲，他不是个会耐心等待的人。亲爱的，打个电话到他诊所去。马上就打。为了我。”

“不。”

“我求你。”

“不。”

“唉，我不能相信这会是你。”

“这是我！”

“可是——你父亲的爱呢？”

“我不要别人管我！”

那天夜里在洛诺夫的书房里，我开始一封信又一封信地向我父亲解释我自己，但是每次我写到洛诺夫对我的作品的赞扬时，我一气之下把信撕了。我无须解释自己，而且即使他懂得我给出的解释，反正他也不会接受。因为我的发自膝盖后部直达头顶上面的声音，是不会让他高兴一些，而原谅我张扬这些败家子的丑事的，因为这完全是我们家的事，与别人无涉。这声音也无助于申辩，爱西挥起锤子并不是作为丢人的事而是作为贞烈的事在我的小说中出现的；一个能够干出这样的事来，后来在法庭上又能够像酒吧间吵架的男人那样争吵的女人，别人是不会那么说她的。即使我一一列举我的文学博物馆中的蜡像——从巴别尔的敖德萨歹徒匪帮到阿勃拉伐纳尔的洛杉矶凡夫俗子——也都不会使他相信，我所做的正是在尽他所崇拜的那位法官加在我肩上的责任。敖德萨？为什么不是火星？他说的是北泽西的人读到那篇小说时会怎么说，因为我们凑巧是那里的人。他说的是外教的人，他们看不起我们，这种蔑视本来已经是够无缘无故的，如今看到我给全世界写的犹太人争夺钱财的故事，只有更高兴叫我们都是犹太佬了。这种事情可能发生，不该由我向外界透露。这比告密还要坏——这是投敌。

唉，这没有用，我想，这是白写——我又撕掉了写了一半的自辩信。我们两人之间的关系恶化——由于他拿了我的小说去见瓦普特，也由于我不肯向长辈申述我的意见——这么迅速，这是迟早不可避免的事。乔伊斯，福楼拜，还有我高中时代读书单上的罗曼蒂克的天才托马斯·沃尔夫，不是都被那些自认为在他们作品中受到诽谤的人斥为出卖朋友和不讲道德吗？甚至法官也知道，文学史一半也是小说家惹怒同胞、家庭、朋友的历史。当然，我们父子的争执还没有沾上文学史的光辉，但是，我这么对自己说，如果一个作家没有魄力面对这种不可解决的冲突而继续写下去，那么他就谈不上是个作家了。

但是儿子呢？责备我轻率冒失的，不是福楼拜的父亲或乔伊斯的父亲，而是我自己的父亲。而且他指责我所歪曲中伤的，也不是爱尔兰人，而是犹太人。而我自己又是个犹太人。大约五千天以前，他们还比现在多好几百万[1]。

1　指希特勒屠杀犹太人之前。

但是我每次想解释我的动机，我就对他越生气。羞辱了你的，是你自己——现在就得自作自受，你这个满口道德说教的笨驴！瓦普特是个无知的牛皮大王！自居为社会栋梁的糊涂虫！还有那个自称热爱艺术的虔诚的阔太太！她自己有一千万的身价却责备我谋“经济增益”！还有阿巴·希勒尔·西尔弗！唉，太太，别浪费时间向我宣扬西尔弗拉比的伟大了，去告诉我死去的表哥悉尼和他在黑帮中的朋友吧——向他们转引兹维·马斯利安斯基的话，就像你在乡下俱乐部高尔夫球场第十八穴旁那样！

十一点钟左右，我听到镇上的雪犁在清扫苹果园外土路上的积雪。后来又有一辆小型卡车头上装着铲雪机开进了车道，把这一夜的积雪堆到苹果园里三十天以来的积雪堆上。最后开来的是雷诺牌小汽车，那是大约半小时后开进车道的，两盏头灯一明一暗，车前玻璃窗上的雨刮器已有点失灵了。

一听到她的汽车回来，我就关了书房里所有的灯，爬到窗户后面去看她走进来。因为我并不只是因为我不能忘怀父亲的不满或E. I. 洛诺夫的敬酒才熬夜不睡的——我也不想在这位迷人的神秘的客人（当然，由于是霍普想象中的情敌而更诱人了）回来在我的楼上换睡衣的时候沉睡不醒。这样我究竟能干些什么，我一点也不知道。但是，在她几乎不穿衣服醒着躺在一张床上的时候，我自己也不穿衣服醒着躺在另外一张床上，比什么都没有总好一些。这是个开端。

但是不难预料，这比什么都没有还要糟糕，而且是没有什么新鲜的开端。房子和汽车房之间埋在积雪堆里的电线杆上的灯熄灭了，从我跪在书房门边的地方，我听到她走进了房子。她走过门厅，上了铺了地毯的楼梯——这是我最后看到或听到她！一直到了大约一小时以后，我有幸又旁听到了一堂意想不到的课，这一课是洛诺夫文学院的成人夜校里上的。我熬夜不睡所等待的事情的其余部分，当然只能凭我的想象。但是这比起在打字机前凭空杜撰要容易得多了。为了这种想象，你不需要把你的照片登在《星期六评论》上。你甚至不需要认识字母。只要年纪轻，一般就能获得很大成功。你甚至不需要年轻。你什么也不需要。

规矩的读者，要是你以为在交媾之后，一切动物都是心情不好的，那你就在E. I. 洛诺夫的书房卧榻上试一试手淫吧，你就知道手淫过后的感觉了。为了要洗涤我的污秽的感觉，我就马上采取最简便的办法，从洛诺夫的书架上抽了亨利·詹姆斯那本收了《中年》的小说集，这是钉在布告牌上两条引语的出处。就在我放纵地干了这种最最非詹姆斯式的荒唐失礼的事情的地方，我把那篇小说从头至尾读了两遍，尽力想要找到有关作家的怀疑就是他的激情，激情就是他的任务，以及——你万万没有想到——艺术的疯狂的对话。

邓康白，一个“颇有声誉”的小说家，大病初愈，正在英国一个疗养胜地休养的时候，接到了出版商寄给他的一本近著《中年》。邓康白独自坐在面海的一张木凳上，不太愿意地打开了书——结果却发现了他自认为总是躲着他的艺术成就。但他的天才的开花是在他已不再有力量形成一种“‘最后的风格’……聚敛他的真正的财富”的时候。要这样，就需要第二次生命，而现在一切都已表明他的第一次生命已快完结了。

就在邓康白忧心忡忡地考虑他的生命的终结的时候，一个饶舌的年轻的陌生人带着自己的一本《中年》，也坐到他的木凳上来。他发现这位温文尔雅的先生也在读这本新小说，便向他热心地谈到邓康白的成就。这个仰慕者——“这个最崇拜的仰慕者……可以假定他可能是吹牛”——休大夫，他是一个像邓康白一样重病以后在旅馆里休养的有钱而古怪的英国伯爵夫人的医生。休大夫在热情冲动下，打开书来高声朗读了写得特别美丽的一段；但是，他抓错了书，把邓康白的那本书当作了是他自己的，发现有十几处已用铅笔修改过。这样，快要被发现的时候，这个隐姓埋名、病入膏肓的作家——从来不能够达到最后形式的“热衷于修改的人”——感到病魔已经侵蚀全身，接着失去了知觉。

在以后几天中，卧病在床的邓康白希望这个细心的年轻医生所神秘炮制的药能够恢复他的体力。然而他获悉那位伯爵夫人原来打算遗赠休大夫一笔可观的财产，但是如果这位大夫继续为了小说家而玩忽对她的照料就要取消这笔遗赠，邓康白就鼓励休大夫随她去伦敦。可休大夫不能克服自己对邓康白的热烈崇拜，等到他按邓康白的劝告赶到他的雇主那里去时，他已受到了“惨重的损失”，邓康白几乎觉得是应由自己负责的：原来伯爵夫人在醋意的刺激下，旧病复发而死，一个子儿也没有留给大夫。休大夫从她的墓地回到他所崇拜的垂死的作家面前说："我必须做出选择。"

"你选择坐失一笔财产？"

"我选择接受我的一往情深的后果，不论这后果是什么。"休大夫微笑说，然后又来了一句大度的打趣的话："去他妈的财产！我不能从心中忘掉你的事儿，全是你自己的不好。"

在洛诺夫的书上，有一条细细的黑线划在"打趣的话"下面。作家在旁边又用几个小得几乎无法辨认的字写了一句自己的打趣的话："即使我能够，也是你的不好。"

从这里开始，在描写邓康白死去的最后一页的页边上，洛诺夫横过来在两边各写了三行话。这就一点也不像打趣的话了。这六行笔迹工整精细的黑字看上去似乎是詹姆斯关于这个小说家的可疑奇才的含蓄的叙述在洛诺夫清醒的头脑中所留下的一连串精细的印象。

邓康白知道这个年轻人一往情深的后果以后——这种后果同他自己的高尚信念极其不协调，因此在听到了他在其中所起的作用以后，就发出“一声迷惑不解的长叹”——他躺了“好几小时，好几天……一动不动，神魂出舍”。

最后他示意休大夫要同他讲话，休大夫在他的枕边跪下来后，他又叫他挨近过来。“你使我觉得这一切都是一场幻觉。”

“不是你的光荣，亲爱的朋友。”年轻人期期艾艾地说。

“不是我的光荣——那又有什么！**这是**光荣——受到考验，保持了我们小小的品质，发挥了我们一点点的魅力。问题是使别人关心，当然你是有些发疯，但这并不影响法律。”

“你获得了极大的成功！”休大夫说，在他的年轻的声音里掺进了婚礼钟声的味道。

邓康白躺着在消化这句话，接着他又振作起来说：“第二次机会——**这是**幻觉。只有一次机会，从来没有两次。我们在黑暗中工作——我们能做什么就做什么——我们有什么就给什么。我们的怀疑是我们的激情，我们的激情是我们的任务。其余就是艺术的疯狂。”

“如果你怀疑过，如果你绝望过，那你总是‘做过’了。”他的客人微妙地争辩道。

“我们做过了这件或那件事情。”邓康白承认。

“这件事情或那件事情就是一切事情。这是做得到的事情。这就是**你**。”

“讲安慰话！”可怜的邓康白讥讽地叹道。

“但这是真的。”他的朋友坚持道。

“这是真的。这是无足轻重的失意。”

“失意是唯一的生活。”休大夫说。

“是的，这是会过去的东西。”可怜的邓康白自己语不成声，很难听清了，但是他已用这话来标志他的第一次和仅有的一次机会的实际结束。

一听到我头顶上传来的含糊的说话声，我就马上站到卧榻上面去——我的手指仍夹在书中的那一页——伸长了脖子，要想听清楚楼上说的是什么，是谁在说话。这样没有用，我就想到爬到洛诺夫的书桌上去；这比卧榻足足高一英尺左右，我的耳朵就可以挨到离低低的天花板几英寸的地方。但是如果我跌了下来，如果我把他的放打字纸的地方移动一毫米，如果我留下一点脚印——不！我不能冒这个险，甚至想也不该想。我占用这张桌子一角，写了半打未完成的家信，这已经够过分的了。我的礼貌观念，更不用说这位作家的殷勤好客，都要求我克制自己，不要做出这样卑劣幼稚的失礼的事来。

但就在这个时候，我却已经这么做了。

有个女人在哭。哪个女人？为什么哭？谁在安慰她——或者惹她落泪了？再高一些，也许就能弄清楚了。一本厚字典是最理想的了，但是洛诺夫的韦氏大字典放在一个放着厚厚参考书的书架上，与打字椅一般高，在迫切情况下我能做到的最多只是，跪着把亨利·詹姆斯的小说集垫在桌子和我的脚底中间，这样可以再升高一两英寸。

啊，意想不到的后果，艺术的无法解释的用途！邓康白是能了解的。詹姆斯是能了解的。但是洛诺夫能了解吗？别摔跤。

“你这就讲道理了，”说话的是洛诺夫，“得由你自己来认识这个道理，如今你已经认识到了。”

头顶上砰地轻轻一声。有人落座在椅子中。疲倦的作家？现在已换了浴袍，还是仍穿着整套衣服，系着领带，穿着皮鞋？

这时我听到了艾米·贝莱特的说话声。这时候她穿的是什么？“我什么也没有认识到——不论怎么样，只有更痛苦。当然我不能住在这里——但我也不能住在那里。我什么地方也不能住。我不能活。”

“轻一些。她今天已够累的了。让她休息吧，她已睡了。”

“她破坏了大家的生活。”

“你对我有什么不满，可不能怪她。这里说不行的是我。现在你睡去吧。”

“我睡不着。我不想睡。我们可以谈谈。”

“我们已经谈过了。”

沉默。他们是不是跪了下来从旧地板缝里听我在干什么？要是那样，他们早就听到我的心在怦怦地跳了。

床垫弹簧响！洛诺夫爬到床上她身边去了！

但我听到的是艾米从床上爬起来的声音，不是洛诺夫爬到床上去的声音。她的脚在我嘴唇上面几英寸的地板上轻轻地走过。

“我爱你，我这么爱你，爹爹。没有人像你。他们都是这样笨。”

“你是个好姑娘。”

“让我坐在你的腿上。就搂我一会儿，我就没事了。”

“你已经没事了。你最后总是没事的。你是个伟大的幸存者。”

“不，只不过是世界上最坚强的软骨头。唉，给我讲个故事。给我唱支歌。唉，学一学大鼻子杜兰特，我今天晚上真的需要。”

起先听起来像谁在咳嗽。但是后来我却听清楚了，是的，他在对她唱歌，很轻很轻，用吉米·杜兰特的调子——“我就向他踮起脚，他就向我踮起脚”——我只能听清一句，但这就够了，可以让我想起杜兰特在电台上用他有名的破嗓门唱的全部歌词，现在这位著名的作家就在我头顶上模仿他的沙哑的讨人喜欢的无邪的唱法。

“再唱一个。”艾米说。

她坐在他腿上！艾米穿着睡衣，洛诺夫穿着整套衣服？

“你去睡吧，”他告诉她。

“再唱一个。唱《不能没有百老汇》？”

“‘唉，我很明白我不能没有百老汇——但是……百老汇能够没有我吗……’”

“‘曼尼，我们在佛罗伦萨该多么快活——我亲爱的，我们可以不必偷偷摸摸了。”

“我们现在也没有偷偷摸摸。我们从来没有偷偷摸摸过。”

“不，像现在这样那就不是。但是，不这样，就都是假的，错的，寂寞的。我们可以都很快活。在那里我就不会再是你的小姑娘了。我们玩时我愿意做你的小姑娘，但平时就是你的妻子。”

“我们以前是谁，以后也是谁。别做梦了。”

“不，不是这样的。没有她——”

“你要你的良心背着一具死尸吗？她不到一年就要死的。”

“但是我的良心已经背着一具死尸。”她的双脚突然落地，地板上咯吱了一声。原来她是坐在他的腿上！“你瞧！”

“遮起来。”

“我的死尸。”

地板上一阵乱。洛诺夫走动时的笨重的脚步声。

“晚安。”

“看一眼。”

“别演闹剧，艾米。遮起来。”

“你喜欢悲剧？”

“别闹。你装得不像。既然决定不要失去自制——那么就不要。”

“可是我要发疯了！我不能同你分开生活！我不知道怎么才好。唉，我为什么不接受那工作——搬回来！管她呢！”

“你做的是对的。你知道该怎么办。”

“是的，放弃一切！”

“放弃一切梦想，不错。”

“唉，曼尼，吻一下我的乳房就会害死你吗？这也是梦想？你就这么吻一下就会害死什么人吗？”

“你马上把衣服遮上。”

“爹爹，我求求你。”

但是我接着听到洛诺夫的软毡拖鞋——不错，他已换了衣服，准备上床了——走过楼上过道的声音。我尽可能不出声地从桌子上爬下来，然后蹑手蹑脚地回到卧榻边，为了偷听他们谈话，我像演了一场杂技似的累得筋疲力尽，一回到那里就一下子倒在上面了。我对偷听到的他们谈话感到惊奇，我对自己有负他的信任感到惭愧，我对自己没有被发觉又感到放心——但是同我不久就开始对我想象力的贫乏和前途的不妙所感到的失望相比，这一切感觉实在算不了什么。爹爹，佛罗伦萨，大鼻子杜兰特，她的孩子腔和欲望，他的疯狂的、超人的克制——唉，要是我能够想象我偷听到的场面那就好了！要是我能像实际生活那样放手去创造那就好了！要是有一天我能够稍稍接近实际发生的事情的那种独创性和刺激性！但是如果我真的做到了，那么他们会怎么看待我呢，我的父亲和他的法官？我的长辈会怎样经受这个打击呢？如果他们经受不了，如果对他们感情的打击太伤他们的心了，那么我自己怎样能受得了他们的痛恨、咒骂和脱离关系的宣告？

第三章 冤家命定

艾米把她的一生经历告诉给洛诺夫只是一年以前的事。一天晚上她歇斯底里地哭着，从纽约的皮尔特摩旅馆打电话给他；他勉强才弄清楚，那天早上她独自从波士顿坐火车去看一出戏的日场演出，打算晚上搭火车回去。结果她没有回去。出了剧院以后，却去旅馆开了一个房间，进去以后就在那里“躲着”不出来了。

那天午夜，洛诺夫刚刚完成了他的夜读后上了床，接了电话就上了汽车向南开去。四点钟的时候，他到了城里，六点钟的时候，她已告诉了他她到纽约来看的戏是安妮·弗兰克的日记改编的，但是等到她能够稍有头绪地说清楚她同这出百老汇新戏的关系时，已是上午九、十点钟了。

“不是因为这出戏——要是只是我一个人，我是很容易把它看完的。是因为同我一起看戏的人，一汽车一汽车的女人不断地开到剧场门前，身上穿着皮大衣，脚上穿着贵重的皮鞋，手上拎着贵重的皮包。我想，这不是我来的地方。广告牌、照片、大门篷，这些我都可以看得惯。可是这些女人吓坏了我——还有她们一家的人，她们的孩子，她们的家。我心里想，还是去看电影吧，或者上博物馆去。但我还是拿出票来，同她们一起进去了，结果当然发生了意料中的事。这是必然要发生的。这就是，在那里的女人都哭了。我周围的每一个人都泪流满面。最后，我身后一排有一个女人尖声叫了起来，‘哦，不能这样。’因此我跑到这里来了。我要一个有电话的房间，可以待到我找到我父亲。但是我一到这里，我就一直坐在洗澡间里想，要是他知道了，要是我告诉了他，那么他们就得在每场演出后到台上去宣布，‘请观众们放心，她仍活着。大家不用担心，她逃了性命，她现在二十六岁，一切都很好。’我就要对他说，‘你一定要保守秘密——除了你自己以外谁都不让他知道。’但要是他被发觉隐瞒呢？要是我们两人都被发觉隐瞒呢？曼尼，我不能打电话给他。我一听见那个女人叫‘哦，不能这样’，我就知道我不能打电话给他。我就知道情况一直就是这样：我永远不能再见到他了。对谁来说，我都已死了。”

艾米躺在乱糟糟的床上，身上紧紧地裹着一条毛毯，洛诺夫则默不出声，坐在窗边一张椅子上听着。他一进这间没有上锁的屋子，发现她坐在空澡盆里，身上仍穿着她那套最好的衣服和最好的大衣：穿着大衣是因为她不停地发抖，坐在澡盆里是因为这地方离窗户最远，窗户在临街的二十层楼上。

“多么凄惨，你一定会这么想。真是开玩笑。”她说。

“玩笑？对谁开玩笑？我看不到有什么好笑。”

“我告诉你这个。”

“我仍旧不懂。”

“因为这像你的一篇小说。一篇 E. I. 洛诺夫的小说……名字叫……唉，你知道叫什么好。你知道怎样用三页稿纸就把故事说完，一个无家可归的姑娘从欧洲来，因为聪明，可以旁听教授的课，听他的唱片，弹他女儿的钢琴，几乎在他家中长大，后来有一天，流浪儿长成了妇人，出去自立了，有一天她在皮尔特摩旅馆随口说……”

就在她又这么发作的时候，他离开他的座椅，到她床边坐下。“是的，”他说，“随口说。”

“曼尼，我不是疯子，我不是发神经病，我不是想引人发生兴趣、模仿你的艺术——你一定要相信我。”

“我亲爱的朋友，”他答道，他的胳膊现在搂着她，把她当作一个孩子似的轻轻摇着，“如果这都是这么——”

“唉，爹爹，这真的是这样。”

“那么你把我的拙劣的艺术抛在很远很远的后面了。”

这就是艾米单独去科特剧院，坐在痛哭失声无法劝慰的观众中间，看了著名的《安妮·弗兰克的日记》在纽约演出的第二天早上说的故事。这就是这个有着动人的容貌、迷人的口音、巧妙的辞令和（根据洛诺夫的看法）有着洛诺夫式的耐心的二十六岁年轻女子想要他相信的故事。

她在战后改名为艾米·贝莱特。她改用这个新名字并不是要隐瞒自己的身份——到那时为止还没有必要——而是，照她自己当时所想的，要忘掉她的过去。她曾经昏迷了几个星期，先是在一个肮脏的营房里，同别的生病挨饿的被囚者在一起，后来在一个临时凑合的简陋“病房”里。党卫队集中了十二个垂死的孩子，放在一间有十二张病床的屋子里，给他们身上盖着毛毯，目的是为了使向贝尔森进军的盟军相信集中营生活的舒适。十二个孩子中有几个在英军到达时还活着未死，就给送到了一个陆军野战医院。她在这里终于苏醒过来，对护士的话有时明白，有时糊涂，但是不肯张口说话。她不哭也不闹，却弄明白了自己是在德国的一个什么地方，还不满十六岁，一家人都死了。事实就是这些，现在你就去理解这些事实吧。

护士们叫她“小美人”——一个沉默不语、面容黝黑憔悴的姑娘——这样，有一天早晨，她愿意说话了，告诉她们她姓贝莱特[1]。至于名字艾米，她是从幼时读得伤心痛哭的一本美国小说

1　法语，意为“小美人”。

《小妇人》[1]中得来的。她在长期沉默中决定，既然在阿姆斯特丹已无亲人，就到美国去长大。她认为在贝尔森之后，最好在自己与需要忘却的东西之间，隔开一个像大西洋那么宽的重洋。

她是在斯托克布里奇等洛诺夫夫妇的家庭牙医师检查她的牙齿的时候获悉她的父亲还在人世的。她在英国几个家庭寄养了三年，在阿西纳学院当一年级生也快有一年了。她在候诊室一堆刊物里拣起一本过期的《时代》杂志，随便翻阅的时候，看到了一个名叫奥托·弗兰克的犹太商人的照片，他在一九四二年七月，纳粹开始占领后大约两年，带他的妻子和两个小女儿藏了起来。弗兰克一家和另外一家犹太人在阿姆斯特丹他原来的办公楼的后部一个阁楼里，安全地生活了二十五个月。后来，在一九四四年八月，他们的下落显然给下面仓库里的一个工人泄漏了，警察查出了他们藏身的地方。在墙壁封死的阁楼里一起生活的八个人，只有奥托·弗兰克熬过了集中营的囚禁而幸免一死。战后他回到了阿姆斯特丹，当初

1　美国作家露易莎·梅·奥尔科特（1832—1888）在1868年出版的一部小说，写一家四姊妹的故事，赚人热泪。

掩护他们的那家荷兰人把他那个在贝尔森集中营死去时才十五岁的小女儿在躲藏期间所写的笔记本还给他：一本日记本、她用来继续写日记的几本账册和纳粹搜查值钱的东西时从她的书包中倒出来的一叠纸。弗兰克起先只是私人出资印刷了那部日记，分赠亲友，作为对他家庭的纪念，后来在一九四七年正式出版，题为“Het Achterhuis”——《后楼》。《时代》杂志说，这个小姑娘所记录的被追捕的犹太人，尽管物质匮乏，而且时刻提心吊胆，唯恐被查获，但仍设法维持了文明的生活，使荷兰读者读后备受感动。

在那篇题为“幸存者的伤心事”的报道旁边，是日记作者的父亲的照片，他“如今年已六十”。他孑然一身，站在普林森格拉赫特运河上一所楼房前面，穿着大衣，戴着帽子。就是在这所楼房里，他的死光了的一家人曾经临时安家，苟延残喘。

接着是她的故事中洛诺夫肯定会认为不大可能的部分。但是她本人则认为没有什么可奇怪的，这就是大家都认为她已死了，而其实她还活着。凡是知道战争快要结束的几个月里情况是如何混乱——盟军到处狂轰滥炸，党卫军四窜逃命——的人，都不会说这是不可能的。至于有人说看到过她在贝尔森死于伤寒，不是把她同她姊姊玛戈搞错了，就是因为看到她长时间昏迷不醒，以为她一定也已死了，或者是看到她被看守用车拉走，以为她必死无疑。

“贝尔森是第三个集中营，”艾米告诉他，“我们最初给送到韦斯特博克，在阿姆斯特丹北面。那里有别的孩子可以在一起说说话，我们又回到了露天的环境——除了提心吊胆以外，别的其实并不太坏。爹爹住在男营房里，但我生病的时候，他仍能想办法在夜里到女营房来，到我床边，握着我的手。我们在那里待了一个月，然后给送到奥斯威辛。在货车里过了三天三夜。终于打开了车门，那是我见到他的最后一面。男人给推在一边，我们在另外一边。那是九月初。我在十月底见到母亲最后一面。那时她已几乎说不出话来了。玛戈和我从奥斯威辛给送走时，我不知道她究竟明白不明白。”

她接着说到贝尔森的情况。装在牲口车上幸免一死的人，起先住在荒地上的帐篷里。他们和衣睡在光秃秃的地上。好几天没有吃的和喝的，秋天的风雨刮破了他们的帐篷，他们就只好在风雨中露宿。最后搬到营房中去时，他们看到营地外小沟里堆满了尸体——那是由于伤寒和饥饿而在荒地上死去的人，到冬天来临时，还活着的人似乎不是有病，就是快疯了，那时，她眼看着姊姊慢慢地死去，自己也开始病倒了，玛戈死后，营房中照顾过她的是哪些妇女，她已记不得了，也不知她们的下落。

她在获救后，曾在医院里长期养病，康复后她没有照一家人本来约定的那样，一旦失散，就到瑞士某地去相会，这也并不是那么说不通的。一个身体虚弱的十六岁姑娘，没有钱，没有签证——更没有希望——只是为了到达目的地以后，弄清楚自己就像原来所担心的那样孤苦伶仃，一无所有，她会去做这样的长途跋涉吗？

不，不，说不通的是：她没有打电话给《时代》杂志，告诉他们，“我就是写日记的人——请代我寻找奥托·弗兰克！”她只在笔记本中记下了那一期杂志封面的日期，补了牙以后，就带着教科书到图书馆去了。说不通的是——不可解释、不可辩解，使她良心仍感内疚的是——她一如既往那样镇静、仔细，查阅了《纽约时报索引》和《期刊文献读者指南》，找“弗兰克，安妮”和“弗兰克，奥托”以及“Het Achterhui”条目，查不到以后，又到图书馆最底层的书库中去找过期的报刊。她在吃晚饭以前剩下的时间里，坐在那里反复阅读《时代》杂志的文章，一直到能背出为止。她细细观看她父亲的相片。如今年已六十。起作用的就是这句话——使她又一次成了那个在阁楼中为他剪发的女儿，在那里跟他学习功课的女儿，一听到盟军轰炸机飞过阿姆斯特丹上空就会跑到他床边，钻进他的被窝，抱紧他的女儿：突然之间，她成了那个失去了的一切已由他来代替的女儿。她哭了很久很久。但等到她到宿舍去吃晚饭时，她装作没有什么灾难再次降临到奥托·弗兰克的安妮的头上的样子。

但是这也不奇怪，因为她从一开始就决心不谈她的苦难经历。作为一个独立生活的年轻姑娘，决心是她的优点。要不然她怎么能独立生活下来？她在英国的第一个寄父是丹尼尔大叔，她有许多原因无法忍受他，但千条万条，其中主要一条就是，每逢有人进了他家的门，他迟早总要开始介绍艾米在战时的种种遭遇。还有伦敦北面那所学校的年轻教师吉丁斯小姐，她在上历史课时总是要对这个犹太小孤女投以柔情的眼光。一天放学后，吉丁斯小姐带她到本地一家茶室吃柠檬冻蛋糕，向她问集中营的情况。艾米觉得不得不答复，因此当她证实了吉丁斯小姐以前听到过而总是不能完全相信的故事时，吉丁斯小姐热泪就要夺眶而出。“可怕，”吉丁斯小姐说，“真可怕。”吉丁斯小姐像她自己历史课上的一个学生那样，徒劳无益地努力要想了解过去，这时艾米却一声不响地喝她的茶，吃她的美味可口的蛋糕。“为什么，”伤心的教师终于问，“几百年来大家都憎嫌你们犹太人？”艾米霍地站了起来。她吃了一惊。“别问我！”女孩说——“去问憎嫌我们的那些疯子！”从此以后，她就不再同吉丁斯小姐交朋友了——也不同任何向她提出他们根本无法理解的问题的人交朋友了。

她到英国几个月以后，就下定决心，要是她再从丹尼尔大叔嘴里听到一声哭丧的“贝尔森”，她就逃到南安普顿去，上一艘美国轮船，偷渡到美国去。她对纯种英国教员在学校里对她表示的啧啧同情也感到厌烦。有一天星期六，她在烫一件衬衫的时候，就拿起熨斗烙了胳膊。邻居们听到她的尖叫纷纷跑来，把她送到了医院急诊室。等到绷带解下来时，胳膊上原来烙的集中营囚犯号码已成了半个鸡蛋大小的一块紫色疤痕。

她的继父母只说这是一桩意外，但在这次意外事件后，丹尼尔大叔通知犹太人福利委员会。他的太太健康欠佳，他们无法再收留艾米在家。这个孤儿就被送到另一家——后来又到另一家。不管是谁问她，她都说她是在纳粹侵入前的那个星期与一批犹太学童一起从荷兰撤出来的。有时她甚至没有说这些学童是犹太人。抚养她的犹太家庭虽然对她的说谎感到不安，也只轻轻责备一声了事。但是她不能忍受他们因为奥斯威辛和贝尔森的缘故把援助的手搁在她的肩上。要是后来有人觉得她与众不同，那不是因为奥斯威辛和贝尔森的缘故，而是因为她在那以后使自己成了那个样子。

他们都是好心肠的照顾周到的人，他们尽力要使她明白，她在英国不再有危险了。“你一点也不用害怕，一点也不用担心，”他们向她保证说，“也不用觉得有什么抬不起头来的。”“我并没有觉得抬不起头来。问题就在这里。”“但是，有的年轻人要想隐瞒他们的犹太血统，问题就未必如此。”“也许别人不是如此，”她对他们说，“我可是如此。”

在《时代》杂志上发现了她父亲的相片后的一个星期六，她搭早班公共汽车到波士顿去，在一家接一家的外国书店中寻找一本《后楼》，但都没有找到。两星期后，她又坐三个小时的汽车到波士顿去，这次是到邮政总局去租一个信箱。她用现款付了租金，然后发了她手提包中带着的一封信，还有十五元钱的汇票，寄给阿姆斯特丹的联系出版社，要他们用十五元钱作为书款和邮费，能买几本就寄几本安妮·弗兰克写的《后楼》到美国马萨诸塞州波士顿市邮政信箱152号朝圣国际书店。

她在他的心目中已死了快四年了；她认为再死一两个月也没有什么大碍。奇怪的是她也没有感到太难过，只是晚上睡在床上的时候，她常常哭着要求宽恕她对她年已六十的完美无缺的父亲干了这么残酷的事。

她把订书的信发给阿姆斯特丹的出版社以后，几乎已有三个月了，有一天，是八月初的一个风和日暖的日子，有一只邮包太大了，在朝圣书店租的邮政信箱里放不下，等着她到波士顿去取。她身上穿着一条米色麻布裙子，一件新的白布衬衫，都是头一天晚上熨过的。她的头发梳成那年春天流行的垂肩式，也在头一天晚上洗过做过了。她的皮肤均匀地晒得黑黑的。她每天早上游泳一英里，每天下午打网球，总而言之，身体健康，精神饱满，完全是一个二十岁健美少女的样子。也许就是由于这个原因，邮局职员把邮包递给她时，她没有急着用牙齿咬断包扎的绳子，也没有马上晕倒在大理石地板上，而是走到公园里去——荷兰寄来的邮包在她的手里晃来晃去——一直走到她找到一条空板凳。她先坐在这条树荫下的板凳上，但后来又站起来走开去，另找一个阳光下的好地方。

她仔细地看了荷兰邮票——那是她没有见过的战后新邮票——辨认了邮戳，然后开始考虑怎样才能小心地拆开邮包。这种不慌不忙的耐心的表现是不合情理的，但她是有意如此。她感到洋洋得意，目眩头晕。要坚忍，她心里说。要有耐心。没有耐心就没有生活。她终于解开了绳子，一点也不破损地打开层层厚厚的褐色牛皮纸，这时她觉得她从牛皮纸中这么一丝不苟地取出来，放在她干净漂亮的美国姑娘的米色麻布裙子上的东西，就是她的获救的生存本身。

安妮·弗兰克著。她的书。她的。

她开始记日记还不满三个星期，皮姆[1]就告诉，他们要躲藏起来了。她一直是在他送给她的十三岁生日礼物硬面日记本上记的，后来用完了日记本，不得不继续记在办公室的账本上。她仍旧记得发生在后楼中的大部分事情，有些连最具体的细节也记得，但是写日记的五万字，她已记不得她曾经写过其中的一个字了。她也记不得什么她对自己起名叫吉蒂的那个假想知心朋友所吐露的心事——这一页又一页的她心底的悲伤，现在读起来同她的本国语言一样又新奇又陌生。

也许因为《后楼》是她写了以后读到的第一本荷兰文书籍，她读完以后第一个想到的是她在阿姆斯特丹的儿童时代的朋友，她上学的蒙特索里小学的男女学生。她想把那些基督教学生的姓名记起

1　安妮·弗兰克对她父亲的爱称。

来，她想把她的老师们的姓名记起来，一直回溯到幼儿园的老师。她想把从小认识她的那些铺子掌柜、送信的、送奶的面貌记起来。她想把他们住在梅维德普兰时的邻居的面貌记起来。她见到他们一个个都掩卷叹息，谁会料到她这么有才华？谁会料到我们中间会出这样一个作家？

她重读的第一段日记，记的日期是在艾米·贝莱特诞生前一年多。她读第一遍的时候，折了书角；她读第二遍的时候，从手提包中取出一支钢笔，在页边上划了一道有意义的黑线，旁边写道——当然，用的是英文——“不可思议”。（她做的记号都是为他做的，或者是当作是他自己做的。）我很奇怪地有时能够通过别人的眼睛看到我自己，于是我从容地观察一个叫“安妮”的人的事，翻阅她的日记，仿佛她是一个陌生人一样。在我们到这里来之前，我对事情的看法并不像我现在那样，我有时常常有这样的感觉，觉得我并不属于妈赛[1]，皮姆和玛戈，我总是有点像局外人。有时我常常把

1　安妮·弗兰克对她母亲的爱称。

自己当成是个孤儿……

接着她又从头读了一遍。每逢她读到什么地方她认为他一定会觉得“虚饰”、“不精确”、“不清楚”的时候，她就在页边做了小注——还皱了一下小眉头。但是她做记号的大部分地方，都是那些她不能相信自己还是个小孩子时居然能写出来的章节。乖乖，多么流畅，安妮——在波士顿轻声叫自己的名字，使她皮肤上起了鸡皮疙瘩——多么熟练，多么俏皮！她心里想，要是我能为洛诺夫先生的“英语12”课写得这样，那就好了。“写得好，”她听见他说，“这是你最好的一次，贝莱特小姐。”

当然这是最好的——因为她抓住了一个“伟大的题材”，像英语课上的女学生们所说的那样。从一开始起，她就很明白，她的家庭同其他地方家庭所遭受的苦难是一样的。我们没有别的办法，只有死心塌地地等待苦难的尽头。犹太教徒和基督教徒一起等待，全世界一起等待，有许多人是在等待死亡。但在写这几行时（“安静的、强调的感情——应该这样处理。E. I. L.”），她对于自己的后楼小日记有无可能成为这苦难史的记录的一部分并不存在什么奢望。她把这一切苦难都记录下来，并不是要教育她自己以外的别人——这超过了她的抱负。记录它是为了要忍受它。日记给她做伴，使她不至于发疯，有时，做她父母的孩子，使她觉得像战争一样使她痛苦，她就到日记中去忏悔。只有对吉蒂，她才能无拘无束地谈论到，要像玛戈那样使她母亲满意是多么没有希望；只有对吉蒂，她才能坦率地责备自己对母亲竟叫不出口“妈赛”，她才能承认对皮姆的感情的深度。她要他做父亲的只要她一个人，不要别人，不仅是作为他的孩子，而且也作为我——安妮，我自己。

当然，任何一个读书这么着迷的孩子，最后终于会意识到，她不知不觉已在写一本自己的书。但是在大部分的时间里，她写日记是为了要给自己打气，而不是在十四岁的时候就实现什么文学抱负。至于后来她成为一个作家，那不是由于她决心每天坐下来要当作家，而是由于他们过的憋死人的生活。这，不是别的，才培育了她的才华！说真的，要是没有关到后楼的那一段恐怖和幽闭的生活，一个小饶舌，常常跟小朋友们在一起，一天到晚嘻嘻哈哈，自由自在地到处跑，自由自在地闹着玩，要干什么就干什么，这样，她会写出这样熟练、这样动人、这样俏皮的句子吗？她想，也许这就是“英语I2”课上的问题——不是缺乏伟大的题材，而是多了湖光水色、网球场、坦格尔伍德。皮肤晒得黑黑的，麻布裙子，把我叫做阿西纳学院智慧女神雅典娜的美誉——也许这就是我搞不出名堂的原因。也许，再把我关在什么地方的一间小屋子里，只给烂土豆吃，破衣服穿，成天吓得提心吊胆，也许这样，我才能够为洛诺夫先生写一篇像样的小说。

只有到了大家都染上了登陆热的乐观情绪，盟军登陆和德国崩溃在即，在后楼里称为战后的黄金时代在望，她才能向吉蒂宣称，她的日记所起的作用，也许不仅仅是解除她少女的寂寞。在两年练笔之后，她觉得自己已有准备，可以从事她伟大的计划了：*我最大的希望是有一天能做个新闻记者，接下来再做个有名的作家。*但那是在一九四四年五月，有朝一日能够成名，在她看来似乎同九月开学后去上学一样地不平常，也一样地平常。唉，那充满美好期望的五月啊！不用再在后楼里过冬了。再过一个冬天，她就要发疯了。

头一年在那里的日子并不那么难熬；他们都忙着安顿自己，因此没有时间感到绝望。事实上，他们为了把阁楼改造成为一个超实际的家，大家都干得很起劲，因此她的父亲能够说服大家同意再匀出一点空间来收容另外一个犹太人。但是一等到盟军开始轰炸，超实际的家成了她的行刑室。在白天里，两个家庭为了什么鸡毛蒜皮的事都能发生争吵，到了晚上，她迟迟不能入睡，担心秘密警察会在黑暗中来把他们抓走。她躺在床上时开始见到可怕的幻象，见到她的同学莱斯责备她太平无事地睡在阿姆斯特丹的床上，而她的所有犹太同学都在集中营里："唉，安妮，你为什么抛弃了我？救救我，哦，救救我，把我从这地狱中救出去！"她见到自己在一个地牢里，妈赛和皮姆都不在身边——而且比这还要糟糕。一直到一九四三年的最后时刻，她还梦见和想到最可怕的事情。但是突然之间，这一切都过去了。像出现奇迹一样。这是什么原因，洛诺夫教授？你看一看《安娜·卡列尼娜》。看一看《包法利夫人》。看一看一半的西方文学就知道了。奇迹是：春情。到九月她就要回学校了，但回去时已不再是原来的那个女孩子了。她已不再是个孩子了。一想到一个裸体的女人，眼泪就滚滚而下。她的不愉快的月经来潮，成了一桩最奇怪的快感的事。夜里在床上，她的乳房使她感到刺激。就是这些刺激的感觉——但是突然之间，她的瘐死的预感却被求生的渴望所代替了，今天她完全恢复了，明天当然又陷入了情网。他们的困难处境，使她在十四岁的时候自己成熟了。她开始偷偷地到顶层一个幽静的角落去，那里是范达思家十七岁的儿子彼得独占的地方。她这么做，很可能从玛戈手中抢走了他，但这也不能阻拦她。她的父母大吃一惊，这也不能阻拦她：开始只是喝茶时间去，后来晚上也去——最后是给她失望的父亲一封违抗的信。那是在那个充满美好期望的五月里的第三天：我年轻，我有许多没有挖掘出来的品质；我年轻健康，正在经历一场大风雨。尽管她的父亲把她从吞噬了莱斯的地狱中救了出来，尽管她总是要想当皮姆的最心爱的小宝贝，两天以后，她还是向他发出了不论在精神上还是肉体上都要求独立的独立宣言，正如她直率地所写的：我现在已经达到了我可以完全独立生活的阶段。不需要妈赛的帮助，也不需要任何别人的帮助……我一点也不感到要对你们两人负责……我不必向任何人交代我的行为，除了向我自己……

但是，一个独立生活的女人的力量并不像她所想象的那样坚强。一个慈爱的父亲的力量也是如此。他对她说，这是他所收到的最不愉快的一封信，她为自己堕落到言语无以形容的程度而感到羞耻，失声痛哭，他也陪着她哭。他把信放火烧了。几个星期后，她发现自己对彼得已不再着迷了。事实上，到了七月，她已在考虑，在他们的实际情况下，怎么甩掉他。这个问题到八月间一个阳光灿烂的星期五自动地解决了，在上午十点左右，正当皮姆在给彼得上英语课，她自己在别的地方学习的时候，荷兰绿衣警察来了，永远砸烂了这个至此为止仍旧讲礼貌、讲服从、讲谨慎、讲上进、讲相互尊重的潜伏家庭。弗兰克一家四口，作为一个家庭，至此不复存在，日记作者认为，她对他们尽管身处逆境而仍勉力维持体面生活的记载，至此也宣告结束了。

她第三遍通读这本书，是在那天晚上回斯托克布里奇的路上。她以后还会读别的书吗？如果这本书使她爱不释手，那怎么有可能读别的书呢？在公共汽车上，她开始毫不谦虚地推测她所写的东西——她所“制造”的东西会造成什么后果来。也许使她那样做的是，自从波士顿起在公路上一直紧跟公共汽车不舍的雷声隆隆、闪电阵阵、漆黑一片的天空：在窗外，是最怪诞的埃尔·格列柯[1]的舞台效果，一场《圣经》中才会出现的风暴，加上巴洛克[2]式的装饰，在车里，艾米捧着书蜷缩着——那天下午在波士顿艺术博物馆看到的埃尔·格列柯名画真迹的悲剧气氛还逡巡未散。她精疲力竭，但这并不影响她的幻想的驰骋。她连读了两遍《后楼》，心情久久不能平静，就赶紧到加德纳博物馆和福格博物馆去，到了那里，这个皮肤晒得黑黑的、走路精神奕奕的、自我沉醉的姑娘，很容易地被一大群哈佛大学暑假生跟上了，他们很想知道她叫什么名字。连看三个博物馆，是因为回到阿西纳学院后，她要把她这不平凡的一天怎样在波士顿度过的，对大家多少讲一些真话。对洛诺夫先生，她打算详尽报告他妻子所建议她去看的所有新展览。

1 El Greco (1541—1614)，希腊裔西班牙宗教画画家，作品以修长的人物、对比鲜明的色调和幽深的阴影为特色。

2 十七世纪欧洲的一种过分雕琢和怪诞的建筑风格。

风暴、油画、精疲力竭——不过要激起她在一天之内连读三遍自己的公开日记而产生的那种期望，这一切其实都是不必要的。目空一切的自负就已足够了。也许她只不过是一个非常年轻的作家在一辆公共汽车上做着一个非常年轻的作家的梦。

她的所有考虑，她的所有关于她的著作的天赋使命的幻想，都产自这一点：不论她或者她的父母，在日记里都没有作为笃信宗教或信守教规的犹太人的代表出现。她的母亲在星期五晚上点蜡烛，仅此而已。至于过节，她在藏匿期间第一次过了圣·尼古拉斯[1]节后，发现这比奉献节[2]要好玩得多。她同皮姆一起做了各种各样精巧的礼物，甚至写了一首圣诞老人的诗助兴。皮姆决定把一本儿童版《圣经》送给她作礼物，使她可以从《新约》中学到一些东西，玛戈还不赞成哩。玛戈的志愿是到巴勒斯坦当接生婆。她是他们当中唯一对宗教似乎有所认真考虑的人。玛戈的日记，要是被发现，

1 圣·尼古拉斯即俗称圣诞老人。

2 犹太教节日，自三月（犹太历为九月）二十五日起，共八天。

在对犹太教的好奇心上，或者在过犹太人生活的计划上，就不会像她的日记那样，只有寥寥数语了。当然，她是无法想象玛戈会这么想的，更不用说在日记中这么渴望地想了：我们恢复做人的时候必将来到，不是仅仅做犹太人。

没有问题，她写过这几句话，当时还因为楼下仓库里发生夜盗而犹有余悸。看来肯定是这次夜盗造成了警察发觉他们的藏匿。在发生夜盗后好几天，大家仍吓得身子发软。至于她，除了余悸和含糊地松口气的感觉以外，当然还有一种内疚的失望的感觉，因为她发现，不像莱斯，她又幸免一死。在那个可怕的夜晚以后，她不断地反复地要想弄清楚他们受到的迫害的意义。一会儿写到做犹太人所遭到的苦难，而且仅仅因为是犹太人而遭到的苦难，一会儿又煞有介事地想，也许全世界各国人民只有从我们的宗教中才能学到有益的东西……她提醒吉蒂说，我们绝不能仅仅做个荷兰人就算了，我们将永远是犹太人，我们也愿意这样——但在这一番道理的末尾所用的一句话，要是在“玛戈·弗兰克的日记”中，是绝不会出现的：我又一次获救了，现在我的第一个战后希望是但愿我能做个荷兰人！我爱荷兰人，我爱这个国家，我爱荷兰话，我要在这里工作。即使我非写信给女王不可，我在达到目的之前也绝不放弃。

不，这不是母亲的宝贝玛戈在说话，这是父亲的宝贝安妮。以一个叫“安妮·弗兰克林”的人的身份，到伦敦去学英语，到巴黎去看时装、学艺术，到加利福尼亚的好莱坞去访问电影明星——而自我牺牲的玛戈却在沙漠中为人接生。说实话，当玛戈在想上帝和故土的时候，她所正经地想到过的神祇是在希腊和罗马神话中才能找到的神祇。她在藏匿期间一直在阅读，并且加以崇拜。说实话，她的日记中的那个小姑娘同玛戈相比，很少犹太人成分，虽然那完全是因为她的父亲在她晚上害怕的时候高声朗读的不是《圣经》，而是德文的歌德的作品和英文的狄更斯的小说。

但关键就在这里——正是由于这一点，她的日记有了那种使噩梦看起来仿佛是真实的力量。要是以为全世界麻木不仁的人会关心一个听从教士和宗教仪式摆布的留着胡须、虔诚信教的父亲的孩子——那纯属妄想。对于那些甚至在最细小的分歧上也无容忍肚量的普通人，那个家庭的遭遇是件不值得挂齿的事。那些普通人很可能觉得，他们是咎由自取，因为他们顽固地抗拒一切现代化和欧洲化的东西——更不用说基督教的东西了，这才招来了灾祸。但是奥托·弗兰克一家，那就是另外一回事了！即使是最愚钝的普通人，也无法不注意到对犹太人进行的迫害只是因为他们是犹太人才对他们迫害的。即使是外教人中最无知的人，在读《后楼》的时候，也无法不知道，弗兰克一家一年才唱一次无害的奉献节歌，说几句希伯来话，点几支蜡烛，交换几件礼物——这个仪式一共只有十分钟——而这就使他们成了敌人。甚至不需要这么多。根本不需要什么——这就是使人感到恐怖的地方。而这就是实际情况。这就是她的书的力量。弗兰克一家能够围坐在一起听收音机里播放的莫扎特、勃拉姆斯、贝多芬的音乐。他们能够读歌德、狄更斯、席勒的作品作为消遣。她能够一夜接一夜地查阅欧洲各王室的家谱，为伊丽莎白公主和玛格丽特·罗斯公主[1]寻找合适的配偶，她能够在日记中热情地写到她对威廉敏娜女王[2]的敬爱，希望荷兰成为她的祖

1 即当今英国女王伊丽莎白二世和她的妹妹。

2 当时的荷兰女王。

国——而这一切都没有用。欧洲不是他们的，他们也不是欧洲的，甚至她的欧洲化家庭也不是欧洲的。相反，在阿姆斯特丹一条美丽的小运河上面三层楼的地方，他们同范达思一家挤在一百平方英尺的地方，同任何犹太人聚居区一样孤立、被瞧不起。先是驱逐，再是囚禁，最后是装在牲口车里给送到集中营里去，在煤气炉里毁尸灭迹。这是为什么？因为要解决犹太人问题，他们就是文明民族认为不能再容忍其毒化和污染的劣等民族，奥托和埃迪斯·弗兰克、他们的女儿玛戈和安妮。

那天回家时，她相信自己有力量教诲别人的教训就是这个。但是，要这样就得让大家相信她已死了。要是大家知道《后楼》是一个活着的作家写的作品，它就永远不会有更大的意义，只不过是一个年轻的姑娘在德国占领荷兰时期藏匿起来的几年艰苦生活的日记，是男女孩子们晚上临睡前可以同《瑞士家庭鲁滨孙》[1]一起阅读的东西。但是她如果已经死了，那么她的作品的意义就不止是为

1 瑞士牧师约翰·大卫·威斯模仿《鲁滨孙漂流记》为自己家人所写的一部儿童读物，后经其子约翰·鲁道夫·威斯整理出版，共四卷。

十岁到十五岁的孩子提供消遣，她如果已经死了，尽管她当初并没有这个打算，也没有这样尝试，她却写了一部具有使人猛省的力量的杰作。

那么大家是在什么时候终于猛省了呢？什么时候他们明白了她有力量教诲他们一些什么东西，明白了又怎么样呢？受难会对他们产生什么新的意义吗？她真的能够使他们不仅在读她的日记的几小时内，而且在读了以后仍成为有人性的生物？在阿西纳学院她的房间里，把三册《后楼》藏在梳妆台后，她对于她的未来读者的想法，比刚才在雷电交作的风暴中颠簸着坐车回来的路上设想自己是其中之一的时候，要心平气和得多了。毕竟，她不是那个在躲避大屠杀的时候还能够对吉蒂说我仍旧相信人心实在是好的十五岁孩子。她的年轻的理想所遭受的打击不下于她在韦斯特博克坐密封火车时，在奥斯威辛关集中营时，在贝尔森露宿荒地时所遭到的打击。她没有因为人类呈现为这个样子而憎恨人类——不是这个样子又可能是什么样子呢——但是她也觉得不该再为它唱赞美诗了。

要是大家真的终于猛省了以后，那又会怎么样？唯一现实的答复是不怎么样。不相信这一点而相信别的，只会产生甚至她这个大渴望家如今也有权怀疑的渴望。不让她父亲知道她仍活着，这样可以帮助人类改进自己……不，这么晚的时候已经不行了。改进活人是活人他们自己的事，不是她的事；他们要想改进自己尽可以自便；如果不想，那就不必。如果说她对什么人有什么责任的话，她的责任是对死者的责任——对她的姊姊、她的母亲、所有被害的同学。这就是她的日记的目的，这就是她天赋的使命：用文字恢复他们有血、有肉的地位……来补偿他们失去的一切。实际上她需要的是一把斧子，不是文字。在她宿舍走廊的尽头的楼梯口，有一把大斧子，装在一根红色的长把上，以备万一发生火灾时使用。要是万一发生仇恨呢——要是气得要杀人呢？她常常盯着它看，但从来没有勇气把它从墙上取下来。何况，到了她的手中，她要斫的又是谁的脑袋？为了要为骨灰和骷髅报复，她在斯托克布里奇有谁可杀？哪怕她能够把它挥舞一千下。不，给她挥舞的是安妮·弗兰克著的《后楼》。要用它斫出血来，她得再一次消失到另外一个后楼中去，这一次没有父亲，完全靠自己独立生活。

这样，她恢复了对自己不到三百页的日记所具备的力量的信心，有了这信心，又恢复了要对她年已六十的老父保密，不让他知道她还活着的决心。“为了他们，”她哭道，“为了他们，”指的是所有那些遭到了她已幸免而又假装遭到的命运的人，“为了玛戈，为了我的母亲，为了莱斯。”

现在她每天到图书馆里去读《纽约时报》。每星期她留心翻阅新闻杂志。每逢星期天，她阅读美国出版的所有新书：读那些据说是“杰出的”和“有意义的”小说，但没有一部比她死后出版的日记更杰出，更有意义，也读那些索然无味的畅销书，真人从这里了解到不可能存在，而且即使存在也是无足轻重的假人。她阅读赞美历史学家和传记作家的文章，但他们的书不论有多大价值都不可能像她的书那样值得赞赏。她在图书馆找到的所有期刊——美国的、法国的、德国的、英国的——每一栏里寻找自己的真名字。仅仅有少数几个荷兰读者看完书摇摇头，叹口气，又去干自己的事，那可不行——这太重要了，可不能这样就算了！“为了他们，为了他们，”——一而再，再而三，一个星期又一个星期，“为了他们”——最后，她终于开始怀疑，在后楼中偷生，在死亡营中逃命，在新英格兰这里伪装是另外一个人，那么她的要想“回来”当复仇冤魂的强烈愿望，是不是因此有点令人可疑，而且有点疯狂。她开始担心她已屈服于当初的不屈服了。

她为什么要这样？她要伪装的人，还不是若无后楼和死亡营她反正要做的那个人？艾米不是别人。把她从记忆中救了出来，恢复了她的生命的艾米——那个讨人喜欢、懂得道理、勇敢而又讲现实的艾米——就是她自己。她有一切权利做这个人！对死者的责任？骗信徒的假话！对死者已没有东西可以给他们了——他们已经死了。“说得分毫不差。这本书的所谓重要性是一种病态的错觉。装死是装腔作势，令人恶心。躲着爹爹则更坏。不需要赎罪，”艾米对安妮说，“拿起电话，告诉皮姆你还活着。他如今年已六十了。”

她对他的想念如今甚至已经超过了儿童时代，那时她只想做他唯一的爱女。但是如今她年轻、健康，正在经历着一场大风雨，她没有采取任何行动告诉他或任何人她还活着；将来总有一天会发现为时已晚。那时没有人会相信她：除了她父亲以外，没有人会愿意相信她。如今人们每天络绎不绝来参观他们躲藏的地方，看看她钉在床边墙上的电影明星照片。他们来看她洗澡的木盆、读书的桌子。他们从彼得和她挨在一起看星星的老虎窗望出去。他们看那遮住秘密门的大柜，警察就是从这扇门进来把他们带走的。他们看她的秘密日记打开的两页。他们低声说，这就是她的笔迹，这就是她写的话。他们还徘徊不走，要把后楼里她所接触过的东西都看一眼，像一个作文好的学生那样，她用有条不紊、确切无误、日常用的荷兰话，为吉蒂一板一眼地说明的简朴的过道和实用的屋子——超实际的后楼，如今已成为一个圣地，一道哭墙[1]。他们默默地离开，好像她是他们自己一样悲戚。

但是他们才是她的。“他们为我哭泣，”艾米说，“他们可怜我；他们为我祈祷，他们求我宽恕。我成了从被害的犹太人身上剥夺掉的千百万年生命的化身。要复活，现在已太晚了。我已成了一个圣徒。”

1 耶路撒冷城内传说是古代犹太国王希罗德的宫殿的西墙，犹太人一般来此做祈祷。

这就是她的故事。她说完以后，洛诺夫怎样想？她说的都是真心话，但没有一句话是真实的。

艾米洗了淋浴，穿好衣服以后，就搬出了旅馆，他带她去吃中饭。他从饭馆里打电话给霍普，向她说明要带艾米回家。她可以在林中散步，观赏花木，安稳地睡在贝基的床上，过了几天之后，她就会恢复正常，那时就可以回到剑桥去了。关于她的精神崩溃，他所作的解释仅仅是，看来她用功过度。他答应艾米，他只说这么一些，再不多说了。

在开车回伯克希尔山的路上，他一边听着艾米告诉他，在两千万人用二十种语言读着她的书的几年中，她有怎样的感觉，一边决定去同博伊斯大夫商量。博伊斯在里格斯工作，那是斯托克布里奇的一所精神病院。每逢有一本新书出版，博伊斯大夫就会写一封讨人喜欢的信，问这位作家愿不愿为他买的那一本书签个名。他还一年一次请洛诺夫夫妇去吃烧烤。在博伊斯大夫的请求下，洛诺夫有一次还勉强地同意了会见医院的在职人员学习小组，讨论“创造性的性格”。他不想得罪这位精神病学家，而且这可能使他妻子觉得好过一些，因为她总是认为，如果他出去和别人来来往往，家里的情况就会好些。

学习小组对于写作的看法，在他看来是太富于想象力了，但是他并没有告诉他们错了。他也没有认为自己一定就是对的。他们有他们的看法，洛诺夫也有自己的看法。一堂课。他不想改变任何人的想法。小说常常说人们说各种各样奇怪的话——那就让它去吧。

同那些精神病医生会面还只有一个小时，洛诺夫就说这一晚过得很愉快，但是他得回家去了。“我还有一些书在晚上要读。我不读书，就活不了。不过我走了以后你们完全可以自由议论我的性格。”博伊斯热情地微笑道：“我们的看法虽然幼稚。但是我希望你会觉得还有点兴趣。”“我很想使你们感兴趣。我为我的枯燥乏味向你们道歉。”“不，不，”博伊斯说，“一个有成就的人身上的消极被动有其自己的魅力和神秘。”“是吗？”洛诺夫说，“我一定要去告诉我的妻子。”

五年以前白白浪费了一个小时的时间，算不了什么。他信任博伊斯，知道这位精神病大夫不会有负他的信任，把他第二天要去告诉他的话说出去的。他要告诉他的是，他以前的一个学生，他把她当作寄女一样的二十六岁年轻女子，向他透露，在所有的犹太作家中，从弗朗兹·卡夫卡到E.I.洛诺夫，要数她最有名。至于他自己有负她的信任，并不十分重要，因为艾米进一步说明了自己的不可救药的幻觉。

“你知道我为什么起这个可爱的名字吗？这不是为了要保护我自己逃避我的记忆。我并没有对我自己隐瞒过去，也没有对过去隐瞒我自己。我是要逃避憎恨，逃避像大家憎嫌蜘蛛和耗子那样憎恨人。曼尼，我觉得被剥了皮。我觉得好像我身上的皮肤给剥掉了一半，我的脸给剥掉了一半，在我的余生里，大家都会害怕地看着我。或者看另外一半，看另外没有剥掉的一半，我可以看到他们在微笑，假装被剥掉的一半没有在那里，而只同留着的一半讲话。我可以听到自己向他们叫喊，我可以看到自己把我难看的一半的脸伸到他们没有疮疤的脸前去，让他们好好地吓一跳。‘我是漂亮的！我是完整的！我是个生气勃勃、活泼可爱的小姑娘！瞧吧，你们瞧瞧他们对我的残害！’但是不论他们看哪一边，我总是在叫，‘瞧另一边！你们为什么不瞧另一边？’这就是我夜里在医院里想的。不论他们怎么瞧我，不论他们怎么同我说话，不论他们怎么想安慰我，我将永远是这个给剥了一半的皮的人，我将永远不会年轻。我将永远不会和气待人，或者与人和睦相处，或者与人相爱，我将永远憎恨他们。

“因此我起了这个可爱的名字——要做一个和我截然相反的人。而且我也很能假装。过了一阵子后，我觉得我根本不是在假装了，我已经变成了我本来要做的那个人。一直到看到那本书。邮包从阿姆斯特丹寄来，我打了开来，就在那里：我的过去，我的自己，我的名字，我的完整的脸——我一心只想报仇。这不是为死者——这与死者复活或鞭笞活人都没有关系，我要为之复仇的不是死尸——而是没有父母，没有姊妹，充满仇恨，充满憎恶，充满耻辱，剥了一半皮的满腔怒火的东西，这就是我自己。我要泪，我要他们基督教徒的泪为我像犹太人的泪一样地流。我要他们的同情——而且是最无情地要他们的同情。我要爱，就像我被糟蹋那样无情的，无限的爱。我要我的新的生命。新的肉体，涤洗干净，不受污染。这需要两千万人才能做到。十倍于两千万的人。

“唉，曼尼，我要同你一起生活！这就是我的需要！千百万人都没有用——只有你！我要同你一起回欧洲去。请听我说，别说不，现在且别说。今年夏天我看到有一所小屋出租，一个小山坡上的石块砌的别墅。就在佛罗伦萨城外。屋顶铺的是粉红色的瓦，还有一个花园。我记下了电话号码。我仍没有丢。唉，我在意大利看到的一切美丽的东西都使我想起，你要是在那里会多么快活——我在那里会照顾你的生活，又会多么快活。我想到我们一起到什么地方去玩。我想到下午在博物馆里，出来后在河边喝咖啡。我想到一起在晚上听音乐。我想到给你做饭。我想到穿着漂亮的睡衣上床。唉，曼尼，他们的安妮·弗兰克是他们的安妮·弗兰克，我要做你的安妮·弗兰克。我想最后做我自己。儿童殉道者和宗教圣徒的地位，我实际上没有资格了。他们甚至不会让我，让现在的我想偷别人的丈夫，求他离开他忠实的妻子，同一个年龄只有他一半的姑娘私奔。曼尼，我的年龄是你女儿的年龄，你的年龄是我父亲的年龄，这要紧不要紧？当然我爱你身上的爹爹成分，我怎么能不爱呢？如果你爱我身上的孩子成分，你为什么不可以？这没有什么奇怪的——全世界有一半的人这样。爱情总得有个开始的地方，这就是爱情在我们之间开始的地方。至于我是谁——这个嘛，”艾米说，声音甜美动人，是他所从来没有听到过的，“你总得是个什么人，是不是？这是没法躲避的。”

回家后他们送她上了床。在厨房里，洛诺夫同他的妻子坐着，喝她为他做的咖啡。他一想到艾米在牙科医生的候诊室里读《时代》杂志中关于奥托·弗兰克的报道，或者在图书馆书库里寻找她的“真”姓名，他一想到她在波士顿公园向她的写作教师宣读一篇关于“她的”书的熟悉内情的论文，他就想放声大哭。他从来没有为另外一个人的痛苦这么痛苦过。

当然，他没有把艾米以为自己是谁告诉霍普，不过他用不着告诉她，他完全可以猜到，要是他告诉她，她会怎么说：艾米要做安妮·弗兰克是为了他，这位大作家；这就能说明一切，不需要精神病医生。对他来说，她的一往情深的后果是：百般地迷住他，诱惑他，冲破审慎、明智、道德的壁垒，打进他的想象力的领域，在那里，作为安妮·弗兰克，成为E.I.洛诺夫的命中注定的冤家。

第四章

嫁给了托尔斯泰

第二天早上我们都在一起吃早饭，像一家四口的幸福家庭。洛诺夫不能仅仅因为要在早上喝橘汁的时候看到一张新脸孔而把她甩掉的结发已有三十年的女人，在我们喝橘汁的时候得意地告诉我们原来坐在艾米和我的椅子上的子女的成就。她把他们的近照给我们看，都是与他们自己的子女一起拍的。洛诺夫在头一天晚上没有向我提到过他已是好几个孙儿孙女的祖父了。但是他为什么要向我提到？

霍普隔了一夜之后似乎已经由他的上了年纪、受到委屈、孤独寂寞的妻子一变而为完全另外一个人了，很像厨房墙上所挂的那些歌颂大自然的美丽短诗的快活的作者，天竺葵的栽培者，洛诺夫说的“她能粘上”打碎了的碟子的那个女人。洛诺夫也似乎不是原来那个人了，不知他是否有意，他走到早饭桌前来的时候嘴里哼着“我蓝色的天堂”。而且几乎马上开始装起小丑来，目的也是为了使霍普更快活。

为什么发生了这变化？因为艾米吃过早饭后要回到剑桥去。

但是我已不能再把她当做艾米了。相反，我不断地被拉回到我躺在黑暗的书房里在她和洛诺夫夫妇身上构思出来的小说中去，当时我一方面被他的赞扬弄得飘飘然，另一方面仍对我的苛刻的父亲怀着不满，而且当然，还因为我的偶像在果断地回去同他妻子共床之前与那个了不起的年轻女子之间发生的事情而感到吃惊。

在吃早饭的时候，我父亲、我母亲、瓦普特法官、瓦普特太太始终萦绕在我的脑际。我通宵没有合过眼，如今我无法清醒地考虑他们或者我自己，或者艾米——她是这样叫的。我不断地看到自己回到新泽西州去，向我的家人说，“我在新英格兰的时候遇到了一个了不起的年轻女子。我爱她，她也爱我。我们就要结婚了。”“结婚？这么快？内森，她是犹太人吗？”“是的，她是犹太人。”“那么她是谁？”“安妮·弗兰克。”

“我吃得太多了。”洛诺夫在霍普给他倒茶时说。

“你需要的是锻炼，”霍普说，“多散步。你放弃了下午的散步，这样你就发胖。你实际上几乎没有吃什么东西。肯定没有吃发胖的东西。这是老坐在写字桌前的缘故。还有待在家里。”

“我不能再散步了。我不能再见到那些树了。”

“那么朝另外那个方向走。”

“另外那个方向我已经走了十年了，所以我才换了这个方向。而且，我在散步的时候，我根本没有在散步。说实话，我连树也没有看见。”

“这话不对，”霍普说，“他爱大自然，”她告诉我说，“凡是生长的东西，他什么名字都知道。”

“我要节制饮食了，”洛诺夫说，“谁愿意同我分个鸡蛋吃？”

霍普高兴地说：“今天早晨你可以款待一下自己，吃个整鸡蛋。”

“艾米，你愿意同我分个鸡蛋吃吗？”

他在招她讲话，这使我第一次有机会转过头去看她，而不致感到不好意思。是这样。可能这样。同样的没有虚饰和丝毫无损的聪明的神情，同样的安详的沉思的神情……前额不是莎士比亚的——是她自己的。

她在微笑，好像她也是情绪十分愉快，他昨天晚上拒绝吻她的乳房这件事从来没有发生过。“吃不了，”她对他说。

“半个也吃不了？”洛诺夫说。

“十六分之一也吃不了。”

这是我的姑姑泰西，这是弗里达和载夫，这是伯蒂，这是默里……你瞧，我们是个大家庭。这是我的妻子。她就是我一直想要娶的。如果你不信，只消瞧一眼她的笑容，听一下她的笑声。还记得那张聪明的小脸蛋上深陷的眼睛天真无邪地向上翘吗？还记得用一只发卡向后夹住的黑发吗？这就是她……安妮，我的父亲问——那个安妮？唉，我误解了我的儿子。我们完全弄错了！

“炒个鸡蛋，霍普，”洛诺夫说，“你吃一半，我就吃一半。”

“你可以吃一个，”她答道，“只要恢复散步就行了。”

他探询地看我：“内森，吃半个吧。”

“不，不，”他的妻子说，向炉灶转过身去，得意地宣布，“这一个你全吃了它！”

洛诺夫无奈地说：“还有一件事，我今天早上把刀片扔了。”

“你为什么，”艾米说，假装仍十分高兴，“干这样的事？”

“我想过了。我的孩子已念完了大学。我的房子已经付清了钱。我有蓝十字会和医疗保护。我有一辆五六年的福特汽车。昨天我从巴西收到了四十五元的版税——白送的钱。我就对自己说，扔掉吧，换片新的刮胡子。我又想，不对，这一片至少还可剃一次。说不定还可剃两次。为什么要浪费？但我又想：我有七本书出了平装本，我在二十个国家都有书店出我的书，这房子屋顶上新铺了瓦，地下室里还新安了锅炉，霍普的小洗澡间里水管也是新装的。账单全都付清了，而且，银行里还有存款，挣三分利息可以供我们养老。去他妈的，我想，考虑得够了。我换了新刀片。瞧我剃的。

几乎把耳朵都割掉了。”

艾米：“证明你不应一时冲动。”

“我只想知道像别人一样生活是什么滋味。”

“还有呢？”霍普说，她如今已回到桌边，手里拿着煎锅。

“我告诉过你，我几乎割掉了耳朵。”

“这是你的鸡蛋。”

“我只要一半。”

“亲爱的，痛快地吃一次吧，”霍普说，吻了吻他的脑袋。

亲爱的爸、妈：我们同安妮的父亲在一起已有三天了。自从我们到了以后，他们两人都很高兴，使人感动……

“这里是你的邮件，”霍普说。

“我不到晚上不看这些东西，”他向我解释。

“他连报纸标题也不看，”霍普说，“他连早饭也不跟我们一起吃，到几年以前才改过来。但是孩子都走了以后，我就不愿一个人坐在这里。”

“但是我不让你同我说话，是不是？这是新的。”

“再给你做个鸡蛋，”她说。

他把空盘推开。“不，亲爱的，不要了。我已经吃饱了。”

亲爱的家人：安妮怀了孕，而且很快活，她说她原来以为不可能再快活了……

他如今在翻阅手中六七封信。他对我说，“这是由出版社转来的。值得打开的，一百封中只有一封，五百封中只有一封。”

“何不请个秘书代拆？”我问。

“他太认真了，”霍普解释，“他不会那么做。而且，请秘书又添了一个人。我们不能把家变成中央大车站。”

“一个秘书等于是六个别人，”他告诉她。

“这一回是什么？”他把铅笔写的信打开的时候，她问道。“读给我听，曼尼。”

“你读吧，”他把信递过桌子给他妻子，“让内森知道一旦成名，是什么滋味，叫他不要来敲我家的门，说事先没有告诉过他。”

她在围裙上擦了一擦手，接过去信。她这个早晨过得真起劲，完全是一种新生活。为什么？因为艾米要走了。

“亲爱的洛诺夫先生，”她读道，“我建议以你的才能写一个下面这个情节的小说。一个非犹太人从西部到纽约市来，第一次见到了犹太人。他脾气好，肯帮他们忙。他放弃在工作地方吃午饭的一部分时间帮他们，他们却像猪一样地尽量占用他的时间。他帮助他的同事按批发价买圆珠笔，他们又是那样利用他。他们想要他为不认识的人也买一些，他们对他说，‘我认识的一个人要买一打笔，’后来又说，‘我并没有告诉你去买，我并没有要你去买，我只告诉你我要两打，你怎么能说我告诉你为他买两打。’因此他慢慢地不喜欢犹太人了。后来他发现非犹太人虽然不利用他，却要把他排挤走，老板要解雇他时，犹太人都站在他一边。他病了，犹太人为他输血。最后他与一个人谈了一次话，由此知道犹太人的历史造成了他们机会主义的习惯。雷．W．奥立佛敬上。又：我也是个短篇小说作家。我愿意同你合作用这情节写一篇小说。”

“我也愿意，”艾米。

“这是他一往情深的后果，”我说。《中年》中的一句话，但甚至连洛诺夫似乎也忘记了。“亨利·詹姆斯的话，”我又说，脸红了。“其余就是艺术的疯狂。”

“原来如此，”洛诺夫说。

蠢驴！傻瓜！我给抓住了——在我炫耀自己博学的时候。原来如此！他什么都知道了。

但是他并没有因为我在他的书房里的行动越规而叫我马上滚蛋，他又打开一封信，取出里面的一张小卡片。他看了一下，交给霍普。

“唉，又是这样，”她说，“真叫我生气。”

“但是，有风格，”洛诺夫说，“我喜欢没有称呼。就只拉起绳子，晾上衣服。读吧，霍普。”

“我讨厌这些信。”

“读吧。为了给内森开开眼界。”

这么说，他不知道。或者是虽然知道，但原谅了我。

“‘我刚刚读完了你的出色的小说，《印第安纳》，’”霍普读道，“‘你对中西部知道些什么呢，你这个犹太小猪猡？你们犹太人的无所不知，对一般人来说，同你们犹太佬的‘艺术’感一样讨厌。莎莉 · M.，韦恩炮台’。”

这时洛诺夫已在小心翼翼地打开一只蓝色海外航空信封。

“新德里，”他宣布。

“请你做婆罗门[1]了，”艾米说。

霍普向这个不到两小时就要走的姑娘一笑。“他不会接受的。”

“那么，”艾米说，“也许他运气好，他们请他做贱民。”

“或者比贱民还不如，”洛诺夫把信递给霍普说。

“你不能什么都要，”艾米告诉他。

霍普开始读信，这次不用催促。“‘启者，我是个二十二岁的印度青年。我作此自我介绍因为没有别的办法结识你。也许你并不喜欢同一个一心想利用你的陌生人相识。’”到了这里，突然地，她的自信心似乎动摇了，她抬头看一眼洛诺夫，不知怎么才好。

他告诉她：“读下去。”

1 印度表列种姓中最高一等，僧侣、学者阶级。

“——‘一心想利用你的陌生人相识。我请求你帮助，但我充分认识到你我之间阶级、信仰等等的障碍。由于我不过是一个穿不同衣服的乞丐，我就冒失地提出我的要求。我的希望是在美国定居。是否可以请你设法把我从我的国家弄出来？如果由于我的教育程度，我不够资格以学生身份来美国，如果其他办法都不行，作为最后一策，你是否能收养我？我提出这样的要求实在惭愧，因为我已长大成人，而且有双亲靠我养老。我愿做任何工作，我愿尽一切努力为你效劳。先生，你如今心中一定已形成这样一个印象，我是个其貌不扬、矮小瘦黑、野心勃勃的印度人，性格里还有很重的妒忌心。如果你是那样想的，你就会感到意外。因为上述描写彻头彻尾地适用于我。我要逃避残酷现实，生活在平静的环境中，得到半工半读的机会。先生，请告诉我你是不是可能帮助你的卑微的仆人——’”

霍普把信按在胸口——她见到艾米已把椅子向后一推，站了起来。“对不起，”她对艾米说。

“为什么？”艾米强笑问。

霍普的手开始哆嗦。

我向洛诺夫看了一眼，但他没说什么。

艾米只有一点点恼火的口气，“我不明白你为什么要说对不起。”

霍普开始把印度来的信叠了起来，不过我看不出她是怎么在叠的。她说话时眼光移到天竺葵上去，“我并不想使你觉得难堪。”

“但是我并没有觉得难堪，”艾米若无其事地说。

“我没有说你觉得难堪，”霍普承认，“我是说我不想使你觉得难堪。”

艾米没有接下去说——这是有意的一着。她等霍普进一步解释自己。

“那就忘掉算了，”霍普说。

“忘掉了，”洛诺夫轻声说。

“我走了，”艾米对他说。

“你非得，”洛诺夫说，“不喝完咖啡就走吗？”

“你已晚了半个小时了，”艾米说。“为了鸡蛋说了这么多的无聊的应酬话，整个上午也缓不过气来。”

“是的，”我跳起来，“我也该走了。”

“这么早没有公共汽车，”洛诺夫告诉我。“北边来的头班车是十一点二十分。”

“但是，要是她能送我到镇上，我可以在那里逛一逛——只要你顺路，”我又说，像头一天一样地害羞地看了一眼我在想象中已经多次蒙上面纱，因此到如今仍旧看不清楚的姑娘。

“悉听尊便，”洛诺夫说。

他站起来，绕过桌子吻了一下艾米的面颊。“保持联系，”他对她说。“谢谢你的帮助。”

“我想我至少已把每本书分开了。至少是有秩序的。”

“很好。其余得我自己来。还要考虑一下。我没有把握这是不是为了我，我的朋友。”

“我请求你，”她说，“别销毁什么。”

也许是在玩猜谜游戏，但我仍听得懂，她是在嘱咐他保存好她为哈佛大学整理的他的以前小说的原稿。但是在霍普听来，这个姑娘的要求显然有一种不那么纯洁的用意。但是当他们两人在霍普面前还来不及说第二句隐话，她就冲出去了。

我们听到她上了楼，接着听到头顶上卧室门砰地关上了。

“请原谅我离开一会儿，”洛诺夫说，扣上衣服，跟着他妻子上去了。

艾米和我默默地从门厅的壁柜里取出衣服，穿了起来。接着我们就站在那里不知怎么是好。我尽量克制自己不说，“你有没有这样的念头，一边想走，一边又想留下？”

但是我说出口的好不了多少。“昨天晚上吃饭时他告诉我你从英国写信给他的事。”

她默默地听了这话，仍在等着。她头上戴着那顶有长长流苏挂着白毛球的白色羊毛帽。对了！这是他送给她的，她在伯克希尔山中的第一个冬天。如今她已不能同它分手了，就像她不能同他分手一样，她的第二个皮姆。

“那是什么时候？”我问，“你什么时候住在英国？”

“唉，我的天。”她闭上眼睛，一手按着脑门。我这时才看到她是多么疲倦。我们两个头一夜都没有睡，她在想要是同洛诺夫一起住在佛罗伦萨，她就会成怎样的一个人，我在想她原来可能是怎样的一个人。当她举起手时，大衣的袖子缩了下来，我当然看到她的手臂上没有伤疤。没有伤疤，没有日记，没有皮姆。没有，为了他的孩子的艺术而必须放弃的那个慈爱的父亲不是她的；他是我的。“我矮小瘦黑，野心勃勃——只有十六岁。十一年以前，”她说。

要是安妮·弗兰克还活着的话，正好是她的年龄。

“在英国之前你在哪里？”

“那说起来话就长了。”

“你经过了大战？”

“我错过了大战。”

“这是怎么一回事？”

她有礼貌地微笑。我让她不耐烦了。“运气。”

“我想我也是因此错过的，”我答道。

“那你有什么代替？”她问我。

“我的童年。你有什么代替？”

她苦笑一下说："别人的。我想我们该走了，祖克曼先生。我得走了。路很远。"

"我不愿不告而别。"

"我也不愿，但我们最好还是走吧。"

"我想他一定希望我们等他的。"

"是吗？"她奇怪地说，我跟她到起居室里，一起坐在壁炉旁的安乐椅中。她坐的是洛诺夫的椅子，我坐在另外一张。她生气地脱了帽。

"他对我很客气，"我解释，"这次访问真有意思。对我而言，"我补了一句。

"他是个客气的人。"

"他帮你来美国。"

"是的。"

"从英国。"

她捡起我头天晚上洛诺夫去接电话时翻看的一本杂志。

我说："对不起，我老缠着你……"

她模糊地向我微笑一下，继续翻看。

“只有——你有点像安妮·弗兰克。”

她回答时我全身冷了半截，“以前已有人告诉过我了。”

“已有人？”

“但是，”她说，她的聪明的眼光直盯着我，“只是我不是她。”

沉默。

“但是，你总读过她的书吧。”

“没有怎么读，”她说，“我翻了一下。”

“唉，那可是本好书。”

“是吗？”

“是呀。她是个了不起的年轻作家。她才十三岁，真不容易。这就像看一部加速的影片，一个胎儿迸出了一张脸，看着她长大懂事。你一定要读。突然她发现了思索，突然有性格刻画、人物速写，突然有一件错综复杂的曲折事件，叙述得那么动人，好像改了十几稿一样。而没有那种有意要引人兴趣或故作严肃的有害想法。她就是那样。”为了要压缩我的思想在洛诺夫回来使我不敢开口之前一下子向她说完，我全身汗湿了。“她的热情，她的精神——总是在动，总是在开始做什么事情，不论是自己感到无聊还是使人感到无聊，她都无法忍受——真的是个了不起的作家。而且是个极其令人心疼的孩子。我在想，”——当然，这想法是因在一个可能是安妮·弗兰克的人面前赞扬她而感动狂喜中刚刚想到的——“她有点像卡夫卡的一个热情的小妹妹，他的丢失的小女儿——甚至在脸上也可以看出血缘。我想。卡夫卡的堡垒、密室，他们提出起诉书的秘密阁楼，隐藏的门——他在布拉格所梦想到的一切东西，在阿姆斯特丹对她都是真实的。他创造的，她吃了苦。你记得《审判》中的第一句话吗？我们昨天晚上还谈到，洛诺夫先生和我。还可以做她的书的墓志铭。‘有人一定诬告了安妮·弗兰克，因为有一天早晨她没有做什么错事就给逮捕了。’”

但是，尽管我如此热情，艾米的心在别的地方。不过话得说回来，我的心也在别的地方，真的——在新泽西州，我度过幸福童年的地方。我想，要想办法同你结婚，你是我的打不倒的拥护者，我的攻不破的盟友，我的抵御他们攻击我背叛和张扬家丑的盾牌！

唉，嫁给我吧，安妮·弗兰克，在我的生气的长者面前洗清这荒谬的罪状！不尊重犹太人的感情？不关心犹太人的生存？不在乎他们的幸福？谁敢控告安妮·弗兰克的丈夫犯了这样不可想象的罪！

但是，天啊，我无法把她从她的神圣的书中提出来，使她成为这个世界中的一个人物。相反，我的面前是艾米·贝莱特（不管她可能是谁），在翻看洛诺夫的杂志，一边品味着他划的每一道线，一边在等待他是否会在最后一分钟改变他的生活，因此而改变她的生活。其余都是虚构，是我准备向瓦普特夫妇的问题表提出的无可指责的答复。不但不是无可指责的，不但不能卸掉他们对我的指责，恢复我珍惜的无可非议的名誉，这种虚构在他们看来当然比他们已经读到的污辱更加可恶。

霍普从楼梯上下来，穿着外出的衣服，一件带帽的绿色华达呢大衣，雪靴套在毛料裤上。她一手紧紧地捏着扶手，以防跌倒，一手带着一只带换洗用品在外过夜的小包。

洛诺夫在楼梯顶上向她说："这不行，"他温和地说，"这纯粹是——"

“让我们各人要各人的，好不好。”她说，头也不回；她在感情激动的状态下，艰难地下了楼梯。

“这一点也不是你想要的。”

她停住了——“这是我多年想要的”——然后再一次继续做离家的动作。

“上来。你不知道你在说些什么。”

“你就是害怕，”她说，话是从牙缝中迸出来的，“失掉惹你讨厌的人。”

“我听不懂，霍普。”

这个小女人现在已安全地走到了楼梯下，转过身来向楼梯上望去。“你就是担心，没有我在惹你讨厌，你怎么写作，怎么读书，怎么想心事。那么好吧，现在换个人惹你讨厌吧！让别的人不成负担吧！”

“请你回来。”

她不听他的，拎起了包，进了居室。只有我站起身接她。

“脱掉你的大衣，”她对艾米说，“现在你可以这么过三十五年了！”说完她抽噎起来，全身哆嗦。

洛诺夫这时小心地走下了楼梯。“霍普，你这是在演戏。纯粹是放纵自己。”

“我走了，”她告诉他。

“你哪儿也别走。放下包。”

“不！我到波士顿去！可是不用担心——她知道什么东西在什么地方。这里实际上已是她的家了。不会损失什么宝贵的时间的。她可以把衣服挂回到壁柜里去，我一出了门就可以开始惹你讨厌了。你甚至不会发觉有什么不同。”

艾米看不下去了，低头看自己的双膝，这时霍普说：“唉，她不那样想。当然不那样想。我看到过她爱护地抚摸过每一篇小说的每一张原稿。她以为有了她在这里，这一切都要成为艺术的宗教。唉，但愿会这样！让她来想法讨好你，曼尼！让她来做思想的三十五年的后盾。让她看一看到二十七稿时你是多么崇高，英勇。让她为你烧好吃的饭，点晚餐桌子的蜡烛。让她为你准备一切，使你快活，然后到你晚上坐到餐桌上来的时候看你铁青的脸色。晚餐桌上的一件令人意外的高兴的事？亲爱的姑娘，这不过是他一天写作不顺遂以后分内应得的。这也不能叫他开腔。至于旧锡台上的蜡烛？这么多年后还点蜡烛？他想，她真有意思，真庸俗，完全是昨天茶室里一个令人怀念的纪念品。是的，让她一天两次为你洗热水澡烫背，然后一星期不同她说话——更不用说在床上碰一下了。上了床问他，'怎么啦，亲爱的，怎么回事？'当然你完全知道是怎么回事——你知道他为什么不搂你，他为什么甚至连你在那里也不知道。第五十稿！”

“够了，”洛诺夫说，“够透彻的了，非常准确，而且足够了。”

“抚摸你的这些原稿！唉，她有一天会明白！我在一九三五年两个月内在上下班的地铁中被陌生人抚摸的次数比过去二十年中在这里还多！脱掉你的大衣，艾米——你留下。课堂上的白日梦实现了。你得到了创作家——我得走了！”

“留下的不是她，”洛诺夫再次轻声说，“留下的是你。”

“为了再过三十五年这样的生活，我可不！”

“唉，霍普。”他伸出一只手来摸她的脸，她脸上仍在掉泪。

“我要去波士顿！我要去欧洲！现在摸我太晚了！我要游历全世界，永远不回来！而你，”她低头看坐在椅中的艾米，“你哪儿也不去。你什么也不会看到。如果你出去吃饭，即使在六个月内你有一次使他接受邀请到别人家去，那只有更坏——在赴宴以前一小时，你就会因为他抱怨那些人发表他们的看法的时候会怎样怎样而弄得十分扫兴，要是你要换个胡椒研钵，他就会问怎么回事，旧的那个怎么啦？要过三个月他才能适应新牌子的香皂。换了香皂，他就要满屋子走来走去地嗅闻，好像洗澡间水池子中死了什么东西似的，而不是换了块棕榈橄榄皂。什么都不能碰，什么都不能换，人人都得安安静静，孩子们不许说话，小朋友们四点钟以前不能来——这就是他的艺术宗教，我年轻的继承人：不要生活！他就是从不要生活中产生他的动人的小说的！你现在就要做这个他不要一起生活的人了！”

艾米从椅子中站了起来，戴上了流苏上挂着毛球的稚气的帽子。她不看霍普对洛诺夫说：“我走了。”

“要走的是我。”霍普哭道。

艾米对我说："我马上就走，你要搭车进城就一起走。"

"我马上就走，"霍普对她说，"把这顶难看的帽子摘下吧，毕业了！你已二十七岁了！这里已正式是你的房子了！"

"这不是，霍普，"艾米说，终于也哭了，"这是你的。"

她在那屈服的一刹那看上去是那么的伤心和悲哀，但是当然，昨天晚上不是她第一次蜷在他腿上——但是当然，他以前也看到过她脱光衣服。他们一直是恋人！但是我无法想象E. I. 洛诺夫脱掉了他的整套衣服，躺在床上，赤裸的艾米跨骑在他的肚子上，我无法想象，任何一个儿子都无法想象。

要是我在学校里教这样漂亮、聪明、迷人的姑娘，我想我是要心猿意马的。

那么你就别教。

唉，父亲，你是这个年龄只有你一半的痴恋你的、崇拜你的、无家可归的女儿的恋人吗？明知你永远不会抛弃霍普，你也屈服了？这可能吗？你？

床？我有床。

现在我确信这不是如此——没有人，没有人真正有床。但是我还是不放弃相信这是如此。

“你按我说的去做！”霍普又命令艾米说，“你留下，照顾他！他不能一个人待在这里！”

“但我不会是一个人，”洛诺夫向她解释，“你知道我不会是一个人。够了，已经够了，为了你自己的缘故，也够了。这只是因为我们有了客人。这只是因为有个新来的客人过夜。有客人做伴，一起吃了早饭，你就激动起来。现在大家都要走了——你就受不住了，你觉得孤独。你觉得害怕，大家都理解。”

“我说，曼尼，她才是孩子——你别把我当孩子对待！如今她才是这里的小媳妇——”

霍普还没有进一步详细形容她，艾米已经擦过她的身子走到大门外去了。

“唉，这个小贱货！”霍普哭道。

“霍普，”洛诺夫说，“别这样。别又来这一套。”

但是她也从屋子里跑了出来，手里拎着包，他却没有去阻拦她。

我说："你要我——做什么事情吗？"

"不，不要。听其自然吧。"

"好吧。"

"别着急，内森。我们就会一个个地安定下来的。"

这时我们听到了霍普的尖叫。

我跟他到前窗去瞧，以为会看到白雪上的鲜血。结果看到的却是霍普在雪中坐在离房子几步的地方，一边艾米的汽车已慢慢地从车棚中退了出来。除了排出来的滚滚浓烟以外，户外什么东西都是亮晶晶的。仿佛那天早上出了不止一个太阳，而是两个太阳。

霍普望着，我们望着。汽车拐到车道上来。接着车就开上了大路不见了。

"洛诺夫太太跌倒在地上了。"

"我看见了，"他悲哀地说。

我们看着她挣扎着站了起来。洛诺夫用指节敲敲结霜的玻璃窗。霍普也不回头看一眼，就从小径上捡回了小包，迈着小步，小心地走向车房，进了洛诺夫的福特汽车。她发动了汽车，但车子只呻吟了一声；一次又一次的发动，结果只产生了令人极为丧气的冬天的声音。

“电瓶。”他解释道。

“也许溢油了。”

她又试了一下，结果仍是一样。

“不是，是电瓶，”他说，“一个月来一直这样。你充了电，也没有用。”

“也许要换一个新的了。”我说，因为这是他要谈的题目。

“我不应该换。车子几乎是全新的。除了去城里还去哪儿？”

我们等着，最后霍普下了车。

“有一辆蹩脚货也好。”我说。

“也许。”他到门厅去开了前门。我仍在窗口望着。

“霍普，”他叫道，“现在进来吧。就这样行了。”

“不！”

“那么留下我一个人怎么生活？”

“这个男孩子可以同你一起生活。”

“别胡说八道。这孩子要走了。现在进来吧。要是你滑跤，要跌伤的。亲爱的，路很滑，又冷得要命——”

“我到波士顿去。”

“你怎么去？”

“不得已我就走着去。”

“霍普，现在是华氏二十度。快进来暖和暖和，安定一下。跟我一起喝杯茶。我们再谈去波士顿的事。”

听到这话，她用双手把过夜小包狠狠地扔在脚下的雪地上。“唉，曼尼，你连斯托克布里奇也不愿搬去，因为马路是柏油铺的，那么我怎么能使你去波士顿呢？而且到了波士顿又有什么两样？你还会是老样子，你会更厉害。你在波士顿有这么许多人围着你，你怎么能集中思想？那里甚至可能有人问你的作品的事！”

“那么，也许最好还是留在这里。”

“就是在这里，你也无法思考，如果我在厨房里烤面包片——我必须在发出脆声之前把面包取出来，否则就要妨碍你在书房工作！”

“唉，霍普，”他说，笑了一笑，“这有些过甚其辞了。在今后三十五年内你烤你的面包，不要管我。”

“我做不到。”

“那就学。”他严厉地说。

“不！”她捡起小包，转过身去，向车道走去。洛诺夫关上了门。我从窗口望去，只见她仍一步一步走着。昨晚铲雪车把雪堆得很高，她拐到大道上以后就马上给遮住瞧不见了。不过话也得说回来，她本来并不高大。

洛诺夫在门厅壁柜前，笨拙地在穿套鞋。

“你要我跟来帮忙吗？”我问。

“不，不。吃了那个鸡蛋，我需要活动活动。”他在地板上顿脚，想免得弯腰把鞋拉上。“你一定有东西要记下。我桌子上有纸。”

“用纸记什么？”

“你的狂热的笔记，”他从壁柜里取出一件黑色宽大的系腰带的大衣——不完全是长袍——我帮他穿上。他把一顶黑帽子扣在秃顶上，完全像个永远悲伤的大拉比、大主祭、大祭司。我把从大衣袖子掉出来落在地上的围巾给他。“你今天早上听了一个饱。”

我耸耸肩：“这比不上什么。”

“比不上什么，昨天晚上？”

“昨天晚上？”那么他都知道我知道的事情吗？但是除了我能想象的以外我知道些什么？

“我很想知道我们将来会成什么样子。这可以写成一篇很有意思的小说。你在你的小说中并没有这么客气，这么好，”他说，“你判若两人。”

“是吗？”

“我希望如此。”接着，好像主持完了我的坚信礼，他郑重其事地握了一握我的手。“她朝大路哪一边走的？朝左边走？”

“是的，朝山下走的。”

他在口袋里找到了手套，很快地看了一下表，打开了大门。“这像嫁给了托尔斯泰。”他说，把我留在那里做我的狂热的笔记，他自己就开始去追那个逃走的妻子，她为了寻求一个不那么崇高的事业走上注定要失败的旅途已有五分钟了。

图书在版编目(CIP)数据

鬼作家/(美)菲利普·罗斯(Philip Roth)著;
董乐山译.—上海:上海译文出版社,2019.1
(菲利普·罗斯全集)
书名原文:The Ghost Writer
ISBN 978-7-5327-7916-1

Ⅰ.①鬼… Ⅱ.①菲… ②董… Ⅲ.①中篇小说-美
国-现代 Ⅳ.①I712.45

中国版本图书馆CIP数据核字(2018)第145661号

图字:09-2018-727号

鬼作家
[美]菲利普·罗斯 著 董乐山 译
责任编辑/李玉瑶 装帧设计/胡枫

上海译文出版社有限公司出版、发行
网址:www.yiwen.com.cn
200001 上海福建中路193号 www.ewen.co
浙江新华数码印务有限公司印刷

开本 890×1240 1/32 印张 7.25 插页 5 字数 85,000
2019年1月第1版 2019年1月第1次印刷
印数:0,001—5,000册

ISBN 978-7-5327-7916-1/I·4874
定价:45.00元